L'offre d'un milliardaire

CAROLE MORTIMER

L'offre d'un milliardaire

Traduction française de
HERVÉ PERNETTE

AZUR

HARLEQUIN

Collection : Azur

Titre original :
THE BILLIONAIRE'S MARRIAGE BARGAIN

Ce roman a déjà été publié en 2014

HARPERCOLLINS FRANCE
83-85, boulevard Vincent-Auriol, 75646 PARIS CEDEX 13
Service Lectrices — Tél. : 01 45 82 47 47

www.harlequin.fr

ISBN 978-2-2804-4062-2 — ISSN 0993-4448

1.

Dominick fut tiré de ses pensées par la sonnerie de l'Interphone, ce qui l'agaça prodigieusement. Il aurait dû avertir sa secrétaire que, pendant deux heures, il ne souhaitait être dérangé sous aucun prétexte. Cela faisait quatre mois qu'il peaufinait ses plans. Désormais, il était sur le point d'atteindre son but et, confortablement installé dans son bureau surplombant la Tamise, il savourait cette victoire toute proche.

Ces quatre mois lui avaient paru une éternité. Mais, s'il s'était précipité, la revanche qu'il s'apprêtait à prendre n'aurait pas été aussi exquise.

Selon le dicton, la vengeance est un plat qui se mange froid. Alors il comptait bien apprécier chaque instant de la déchéance de l'homme qui, quatre mois auparavant, en lui ravissant Kenzie, avait blessé son orgueil.

Il fit pivoter son fauteuil et pressa le bouton de l'Interphone.

— Oui ? demanda-t-il d'une voix irritée.

— Dominick, vous avez Mme Masters sur la ligne 1, lui annonça Stella, sa dévouée secrétaire.

Sa mère lui téléphonait ?

Et d'abord, pourquoi s'obstinait-elle à se faire appeler Masters alors qu'après avoir divorcé de son père il y avait plus de trente ans, elle s'était remariée et avait de nouveau divorcé deux fois ? Il n'en avait vraiment aucune idée.

— Dites-lui que je suis occupé.

— C'est ce que j'ai fait mais elle prétend que c'est urgent, répliqua Stella avec aplomb.

Il poussa un soupir.

— Rappelez-moi d'oublier de vous verser votre prime de Noël cette année…, marmonna-t-il, n'obtenant de sa secrétaire qu'un petit rire entendu avant qu'elle lui passe la communication. Maman, commença-t-il d'un ton sec, peux-tu être brève ? J'ai…

— Dominick…

Le temps se figea.

Entendre cette voix chaude et sexy prononcer son prénom suffit à l'ébranler.

Cela faisait quatre mois qu'il n'avait pas parlé à Kenzie et il se demandait bien pourquoi elle l'appelait aujourd'hui. Toutefois, qu'elle le fasse aujourd'hui était une coïncidence qui ne lui échappa pas…

— Dominick ?

Bien. Ce n'était pas sa mère qui lui téléphonait mais celle qui, quelques mois plus tôt encore, était son épouse. Et qui, officiellement, l'était encore, même si elle l'avait quitté pour un autre.

Il inspira et plissa les yeux.

— Kenzie…

Kenzie ne fut pas surprise par son ton froid et distant. D'ailleurs, au cours de la querelle qui avait mis fin à leur bref mariage, elle lui avait reproché d'être un homme de glace.

Une querelle ?

Non, à vrai dire, il n'y avait pas eu de véritable querelle, corrigea-t-elle, le cœur lourd. Dominick lui avait adressé de froides accusations qui l'avaient laissée incrédule, sous le choc.

Elle serra son téléphone portable pour se donner du courage. Elle aurait donné cher pour ne pas être la première à se manifester après ces longs mois de séparation. D'autant qu'elle était consciente qu'en quittant Dominick, elle avait froissé son orgueil et que, depuis, sa haine pour elle ne pouvait qu'avoir grandi.

— Eh bien ? la pressa-t-il comme elle ne disait rien.

Il n'avait pas changé ! Il était toujours impatient, toujours pris par ses affaires, et n'avait jamais le temps de l'écouter ou tenter de la comprendre.

Elle sentit un point de tension entre ses épaules et écarta ces pensées négatives. Ressasser le passé n'avait pas de sens.

Au moment de l'appeler, elle n'était même pas certaine qu'il était à Londres mais, désormais, elle l'imaginait très bien installé dans son luxueux bureau ultramoderne à la vue imprenable, symbole de la puissance de l'empire financier que Dominick avait bâti. Il possédait sa propre compagnie aérienne, une chaîne de télévision, un casino dans le sud de la France et des hôtels dans les plus grandes capitales du monde.

Oh oui, elle l'imaginait très bien, avec ses cheveux noirs épais qu'il portait légèrement trop longs, ses yeux marron qui pouvaient s'assombrir sous le coup d'une forte émotion, son nez aristocratique et arrogant, ses fines lèvres ciselées. Elle voyait ses larges épaules, sa taille impeccable et ses longues jambes. Sans doute portait-il un de ses costumes sur mesure achetés en Italie, tout comme ses chaussures.

Il lui suffisait d'imaginer son allure pour sentir son cœur battre un peu plus fort et les paumes de ses mains devenir légèrement moites…

— Soit tu me dis pourquoi tu m'appelles, soit je raccroche. J'ai du travail, insista Dominick d'un ton implacable.

— Oh ! voilà qui n'est pas habituel, rétorqua-t-elle.

— Qu'est-ce que tu veux ? reprit-il, refusant de répondre à son sarcasme.

Il n'était pas préparé à entendre la voix de Kenzie et encore moins à bavarder tranquillement avec elle.

Cependant, avec elle, rien n'avait jamais été tranquille. Au contraire, il avait toujours éprouvé des émotions fortes : un désir ardent la première fois qu'il l'avait vue, une fureur noire quand elle l'avait laissé tomber pour un autre.

— Je… Je dois te parler, Dominick, dit-elle calmement.

— N'est-ce pas un peu tard ? Dois-je te rappeler qu'il y a un mois, tu m'as envoyé une demande de divorce ?

Il avait rangé ces papiers dans un tiroir de son bureau et n'y avait plus touché depuis.

Mais peut-être était-ce de cela qu'elle voulait lui parler…

Etait-elle impatiente de mettre un terme à leur mariage au point de souhaiter lui parler en personne pour obtenir une réponse positive de sa part ?

Parce qu'elle avait déjà un nouveau mari en vue… ?

Mais oui, Jerome Carlton, bien sûr, qui était sans doute déterminé à lui offrir tout ce que lui n'avait pas su lui donner. Kenzie pensait-elle déjà à se remarier avant même que leur divorce soit prononcé ?

Il n'aurait jamais dû l'épouser. Après tout, avant de la rencontrer, il considérait que le mariage n'était pas fait pour lui.

Le mariage de ses parents, ainsi que leurs remariages successifs, avaient été des fiascos, ce qui ne l'avait pas encouragé à chercher à se marier lui-même, et encore moins à avoir des enfants. Dans sa propre enfance, il avait connu divers beaux-pères et belles-mères qui ne s'intéressaient pas à lui et qui étaient d'ailleurs tous rapidement sortis de sa vie.

Cependant, environ quatorze mois plus tôt, il avait rencontré Kenzie lors d'une soirée d'ouverture d'un de ses hôtels, et il lui avait suffi de poser une seule fois les yeux sur ce top model connu dans le monde entier pour éprouver le désir impérieux de la mettre dans son lit. Elle était d'une beauté éblouissante, d'une sensualité troublante. En outre, elle avait la réputation de se tenir à l'écart des hommes et on ne lui connaissait pas d'aventures, ce qui avait constitué un défi d'autant plus piquant à relever.

Il l'avait invitée plusieurs fois à boire un verre, puis à dîner, et elle l'avait de plus en plus intrigué. Quand il avait commencé à mieux la connaître — et à la désirer de plus en plus —, il avait compris pourquoi elle était aussi pudique. Car Kenzie avait beau être une des femmes les plus glamour au monde, au fond, elle était restée la petite fille qui avait grandi avec ses trois sœurs et ses parents dans un village de l'Angleterre profonde. Les paillettes et les mondanités n'étaient qu'une façade. Ce qu'elle désirait plus que tout, c'était rencontrer l'homme de sa vie et vivre heureuse avec lui jusqu'à la fin de ses jours.

Quand il avait découvert qu'elle était encore vierge, se réservait pour son prince charmant et n'avait aucune intention de se lancer dans une aventure, pas plus avec lui qu'avec un autre, il était tombé de haut.

Qu'avait-il véritablement éprouvé alors ? Il n'aurait pas su le dire. Peut-être avait-il ressenti le besoin de posséder une femme encore plus unique, de conquérir un privilège qu'aucun autre homme avant lui n'avait connu et ne connaîtrait jamais. Tout ce qu'il savait, c'est que son désir pour elle était allé crescendo, au point qu'il en avait négligé ses affaires, ce qui ne lui était jamais arrivé auparavant.

Il avait vite compris qu'il ne pourrait pas continuer ainsi longtemps.

Il n'avait entrevu qu'une seule solution.

L'épouser…

Après tout, pourquoi pas ? s'était-il dit après avoir eu du mal à se faire à cette idée. De toute façon, il ne serait pas assez stupide pour tomber amoureux et resterait hermétique à la douleur et à la désillusion qu'engendraient les sentiments et un trop grand attachement.

Il avait trente-sept ans, avait-il songé, et prendre pour épouse — et par la même occasion, mettre dans son lit — une femme magnifique à la renommée internationale ne pouvait qu'être bénéfique pour ses affaires. Il n'avait pas tenu compte du fait qu'il n'était pas amoureux de Kenzie et était déterminé à ne jamais s'attacher à une femme.

Neuf mois plus tard, quand elle l'avait quitté pour un homme qui pouvait lui offrir ce qu'elle désirait, il l'avait amèrement regretté.

Kenzie était soulagée que cette conversation ait lieu au téléphone. Ainsi, Dominick ne pouvait pas voir combien elle était pâle et à quel point il lui coûtait de devoir lui parler de nouveau.

Elle était tombée amoureuse de lui au premier regard et, quand elle avait compris que son attirance était réciproque, elle en avait été bouleversée. Les deux semaines suivant leur première rencontre, ils avaient été inséparables. Et, finalement, il l'avait prise par surprise en l'emmenant dans son jet privé à Las Vegas pour l'épouser.

Sur le moment, elle avait éprouvé quelques regrets à l'idée que sa famille ne puisse pas assister à la cérémonie, car ses parents avaient toujours été persuadés qu'elle se marierait en robe blanche, dans la plus grande tradition.

Mais elle était tellement éprise de Dominick, tellement impatiente de devenir sa femme qu'elle avait bien vite laissé ses états d'âme de côté. Son rêve devenait réalité et, après leur mariage, ils avaient passé deux semaines seuls sur une île des Caraïbes dont il était propriétaire.

Mais elle n'avait pas compris que, même si Dominick l'avait demandée en mariage, ses sentiments n'étaient pas partagés. Il la convoitait physiquement et, pour lui, elle était avant tout un moyen d'asseoir sa position dans le monde.

Mais, à l'instant, ces mauvais souvenirs ne lui étaient d'aucun secours !

— Je ne t'appelle pas pour te parler de notre divorce, Dominick, lui dit-elle avec douceur.

— Ah non ? répliqua-t-il sur un ton cinglant. Cela fait quatre mois que tu es partie, Kenzie. Tu n'as pas encore réussi à convaincre Jerome Carlton de te demander en mariage ?

Son sarcasme lui fit mal. Comment avait-elle pu être assez stupide pour croire que cet individu l'aimait ? Mais elle n'avait pas l'intention de se lancer dans une joute verbale. Quand il l'avait accusée de l'avoir trompé avec Jerome Carlton, elle avait eu beau clamer son innocence, rien n'y avait fait. Il ne l'avait pas crue et ne la croyait toujours pas.

— Je suis encore mariée avec toi, Dominick, lui rappela-t-elle d'un ton las.

— Plus pour longtemps, rétorqua-t-il sèchement.

Plus pour longtemps, en effet. Une fois que les papiers de divorce auraient été signés et leur séparation légalement reconnue, peut-être pourrait-elle songer à reconstruire sa vie.

Même si elle n'avait aucune intention de se remarier.

Comment l'aurait-elle pu alors qu'elle aimait toujours Dominick ?

Elle l'aimait, mais elle ne pouvait plus vivre avec lui. Dans son univers, elle n'avait été qu'un faire-valoir.

— Je dois te parler sérieusement, Dominick, et je ne peux pas le faire au téléphone…

— Tu souhaites qu'on se voie ? la coupa-t-il, incrédule.

Kenzie soupira. Elle n'avait pas plus que lui envie de le rencontrer. Ce serait si pénible d'avoir devant elle l'homme qu'elle aimait, alors que lui ne l'avait jamais aimée et ne l'aimerait jamais.

Cependant, elle savait que, s'il ne voulait pas la voir, c'était avant tout parce qu'elle représentait le seul échec de sa vie. Or Dominick Masters ne supportait pas l'échec.

— Il faut que je te voie. Je dois te… demander une faveur, osa-t-elle ajouter.

— Une faveur ? A moi ? répliqua Dominick, sans parvenir à masquer sa surprise.

Il se rappelait clairement que, le jour de son départ, Kenzie lui avait affirmé que plus jamais elle ne lui réclamerait quoi que ce soit.

Sauf le divorce, bien sûr.

— Tu as un sacré toupet pour croire que tu peux

revenir dans ma vie après quatre mois et faire comme si…

— Dominick, s'il te plaît…

— Non, c'est toi qui m'écoutes ! l'interrompit-il avec véhémence. Tu m'as laissé tomber, Kenzie. Tu as mis fin à notre mariage pour aller te jeter dans les bras d'un autre ! Et maintenant tu veux que je *te* fasse une faveur ?

— Je ne t'ai pas quitté pour un autre homme !

— Il se trouve qu'on m'a informé du contraire, répliqua-t-il d'une voix grinçante.

— Tu ne sais rien de moi, Dominick, soupira-t-elle. Tu n'as jamais rien su.

Désormais, le choc d'entendre de nouveau sa voix était passé et il était certain que le fait qu'elle l'appelle précisément aujourd'hui n'était qu'une pure coïncidence. Après tout, Kenzie n'avait aucun moyen de savoir que l'épée de Damoclès suspendue au-dessus de la tête de son amant était sur le point de s'abattre sur lui.

— Je ne… La faveur que je souhaite te demander n'est pas pour moi, Dominick, reprit Kenzie avec difficulté. Enfin… pas vraiment, ajouta-t-elle, mal à l'aise.

— Peut-être devrais-tu m'en laisser juge. Dis-moi ce dont tu as besoin et je te dirai si je suis d'accord pour te le donner.

— Pas au téléphone, répéta-t-elle. Je dois d'abord te fournir quelques explications. Es-tu d'accord pour déjeuner avec moi ?

Cette suggestion lui fit hausser les sourcils. Lui parler au téléphone était une chose, la voir pour de bon, se retrouver face à elle en était une autre.

— Aujourd'hui ?

— Oui, bien sûr, répondit-elle avec impatience. Enfin, si c'est possible…

Dominick posa les yeux sur l'agenda ouvert sur son bureau à la date du jour, ce qui n'était pas nécessaire car il savait déjà qu'il n'avait pas d'engagement pour le déjeuner.

— Je crains que ce soit difficile, répondit-il cependant. En revanche, ce soir, je dîne chez Rimini à 20 heures. Souhaites-tu te joindre à moi ?

A la perspective de dîner avec lui, Kenzie fit la grimace. Un déjeuner, c'était informel, mais un dîner dans un des luxueux restaurants qu'ils fréquentaient quand ils étaient officiellement mari et femme, c'était différent…

— Ne pourrais-je pas me contenter de te rejoindre au bar pour prendre un verre ? suggéra-t-elle. Je n'en aurai pas pour longtemps et…

— Tu as peur, Kenzie ? la coupa Dominick sur un ton de défi.

Elle contint sa colère.

— De toi, certainement pas ! contra-t-elle, même si ce n'était pas tout à fait vrai.

Elle n'avait pas peur de lui, mais elle était consciente qu'avec son influence et son argent il pouvait infliger des châtiments terribles.

— Je ne vois pas l'intérêt de gâcher nos soirées respectives.

— Ou alors seulement la mienne, peut-être…, ironisa-t-il, méprisant. C'est toi qui souhaites cette rencontre, Kenzie, pas moi. Compte tenu des circonstances, je considère que j'ai le droit de poser mes conditions. Donc, c'est ce soir au dîner ou rien !

Kenzie avait anticipé cette réponse.

— Dans ce cas, je suppose qu'il ne me reste plus qu'à accepter, n'est-ce pas ? dit-elle en comptant les heures qui la séparaient de cette rencontre.

— N'aie pas l'air aussi impatiente, je pourrais mal l'interpréter.

— Si j'étais toi, j'éviterais ! Rien n'a changé. J'ai besoin de te parler, c'est tout, s'empressa-t-elle d'ajouter.

— Ce doit être très important pour que tu acceptes de me revoir, la provoqua-t-il, en imaginant avec un certain amusement à quel point cette situation humiliante devait contrarier Kenzie.

Cela faisait quatre mois qu'il n'avait pas souri ainsi. Depuis qu'elle l'avait quitté, justement.

A cette pensée, son sourire s'évapora.

Kenzie l'avait quitté parce que, selon elle, il était incapable d'éprouver des sentiments semblables à ceux qu'elle avait pour lui. Et cela, neuf mois à peine après leur mariage…

Mais ses arguments n'étaient qu'un tissu de mensonges destiné à dissimuler sa relation avec Jerome Carlton.

Imaginer un autre homme dans la vie de Kenzie lui fit reprendre son sérieux. Malgré ses grandes déclarations sur l'amour, le mariage et la fidélité, elle l'avait trompé !

Et maintenant, voilà qu'elle souhaitait lui demander une faveur.

Il avait prévu de se venger de Jerome Carlton et de lui seul. Toutefois, il était conscient que, par ricochet, la chute de ce dernier atteindrait également Kenzie.

Maintenant, voilà qu'elle réapparaissait dans sa vie.

C'était un peu le jeu de la mouche et de l'araignée.

2.

Kenzie se demandait bien ce qu'elle faisait dans ce restaurant, où elle s'apprêtait à dîner en compagnie de Dominick Masters, qui serait bientôt son ex-mari.

Il était en retard.

Il le faisait exprès pour l'agacer, elle en était certaine.

Comme si elle n'était pas déjà suffisamment nerveuse !

Les autres clients du restaurant avaient remarqué sa présence. Le visage de Kenzie Miller était bien connu. Il y a peu, elle était apparue dans un spot publicitaire diffusé par les télévisions du monde entier. Kenzie Miller était *le* visage de Carlton Cosmetics.

Kenzie Miller, top model internationale, attendait depuis un quart d'heure que son rendez-vous arrive !

Sans doute était-ce l'idée que Dominick se faisait d'une plaisanterie, une petite vengeance mesquine pour l'avoir quitté. Il n'empêche, faveur ou pas, s'il n'arrivait pas dans les trois minutes, elle s'en irait et…

Il venait d'entrer dans le restaurant.

Même si elle ne l'avait pas vu franchir la porte, elle l'aurait deviné. Dès qu'il était dans les parages, elle sentait des picotements le long de la colonne vertébrale et un feu ardent couver entre ses cuisses.

Oui, son attirance physique pour lui était toujours aussi forte.

Cela ne l'étonnait pas.

Mais ce rappel à la réalité était difficile à vivre. Elle devait bien admettre que, dans son costume sombre sur mesure et sa chemise de soie blanche, il était magnifique. Elle imagina son corps musclé, contempla ses cheveux noirs dans lesquels elle avait l'habitude de plonger les doigts pour l'attirer à elle et…

Qu'il soit maudit ! Il ne regardait même pas dans sa direction. Elle l'observa tandis qu'il s'arrêtait tranquillement pour parler au maître d'hôtel.

L'estomac noué, elle prit soudain conscience de l'audace de sa démarche. Mais avait-elle le choix ?

Non, elle n'en avait aucun.

Dominick se dirigea vers leur table, saluant plusieurs connaissances au passage, comme s'il n'avait toujours pas remarqué sa présence. Et ignorait avoir vingt minutes de retard.

— J'espère ne pas t'avoir fait attendre, dit-il froidement en s'asseyant en face d'elle. J'ai été… retenu.

Il avait repéré Kenzie dès qu'il avait pénétré dans l'établissement et il avait pu constater qu'il lui suffisait toujours de poser les yeux sur elle pour rester sans voix pendant quelques secondes. Il avait senti sa bouche s'assécher, et s'était délibérément arrêté auprès du maître d'hôtel pour se donner un peu de temps et se préparer à se retrouver face à elle.

Elle était très en beauté. Ses longs cheveux bruns tombaient en cascade dans son dos, sa robe moulante sans bretelles révélait ses épaules satinées et laissait deviner ses seins. La couleur de sa robe était assortie à ses yeux émeraude, des yeux bordés des plus longs cils qu'il eût jamais vus. Quant à ses lèvres pulpeuses, elles étaient toujours la promesse d'une intense passion…

Mais Kenzie n'était pas simplement belle : elle avait quelque chose en plus, une grâce, une sensualité innées toujours apparentes, comme à l'instant.

La première fois qu'il l'avait vue, il en avait eu le souffle coupé. Aujourd'hui, en dépit de circonstances bien différentes, il avait la même sensation.

Aucune de ces émotions ne transparaissait sur son visage tandis qu'il la fixait avec arrogance.

— Tu as l'air en forme, Kenzie, lui dit-il en remerciant de la tête le sommelier qui les servait en vin. Indéniablement, avoir un amant te fait du bien, ajouta-t-il d'un ton amer.

— Ton imagination continue de te jouer des tours, Dominick, rétorqua-t-elle.

Elle fit de son mieux pour ignorer la force qui la poussait vers lui et repoussa ses cheveux pour le dévisager sans détour.

Elle avait soigné sa tenue, choisi de porter une robe qui soulignait sa silhouette et de laisser ses cheveux libres, car c'est ainsi que Dominick la préférait.

Pour venir à bout du mépris qu'il éprouvait désormais pour elle, elle aurait besoin de toutes ses armes. Elle avait donc décidé de mettre en valeur ce qui lui avait plu chez elle lors de leur première rencontre, ne serait-ce que pour lui rappeler ce qu'il avait perdu en la laissant partir au lieu d'essayer de la retenir.

Cependant, dans son regard qui la détaillait, elle ne décelait aucun regret.

A vingt-sept ans, et pourtant mannequin depuis huit ans, elle n'avait jamais pu supporter le regard détaché, scrutateur de Dominick, qui ne laissait filtrer aucune émotion.

Si tant est qu'il en éprouvât, car jamais elle n'avait

perçu d'amour dans ses yeux sombres, ni pour elle ni pour aucune autre personne.

— Quand je pense à Jerome Carlton et toi, je t'assure que je préfère ne pas trop laisser gambader mon imagination, lui assena-t-il avant de prendre une gorgée de vin blanc. Je ne faisais que constater que la fin de notre mariage ne semble pas avoir affecté ta beauté.

— Ah, il faut être précis, alors ! répliqua-t-elle en le maudissant de faire preuve d'un tel contrôle de lui-même.

Si, un mois plus tôt, il l'avait vue à l'hôpital, prostrée au chevet de son père, à prier pour qu'il survive, il se serait rendu compte qu'elle n'était pas toujours en beauté et que, parfois, la douleur la laissait hagarde.

— Bien, reprit-elle avec la volonté de changer de sujet, puis-je t'expliquer pourquoi j'avais besoin de te parler…

— Si ça ne t'ennuie pas, j'aimerais d'abord passer commande, la coupa-t-il d'un ton qui ne supportait pas de réplique.

Même s'il l'avait contrainte à le retrouver au restaurant, elle ne se sentait pas la force d'avaler quoi que ce soit. Le revoir, comprendre qu'elle l'aimait toujours autant et ne rien obtenir en retour la déchirait.

Elle déglutit.

— Je t'en prie, vas-y. Personnellement, je ne prendrai rien.

Elle ferma son menu sans même l'avoir regardé, les yeux baissés.

Dominick l'observa en silence. Kenzie n'avait jamais fait partie de ces mannequins qui ne mangent presque rien par peur de grossir, et sa ligne impeccable était aussi naturelle que sa beauté.

Il tendit la main pour lui prendre le menton entre deux doigts et la forcer à lever les yeux vers lui.

Tandis qu'elle soutenait son regard, il songea qu'au cours de ces quatre derniers mois, elle était devenue plus experte dans l'art de dissimuler ses émotions.

Pourtant, après de longues secondes, il perçut de la fatigue dans ses yeux verts ; malgré son maquillage, elle était très pâle et paraissait presque frêle.

— Que s'est-il passé, Kenzie ? lui demanda-t-il en retirant sa main. Ne me dis pas que Jerome Carlton ne s'est pas montré à la hauteur de tes espérances !

Elle poussa un soupir las.

— Pourquoi ne veux-tu pas croire que je n'ai jamais eu d'aventure avec Jerome ? lui demanda-t-elle en retour en secouant la tête.

Pourquoi ? Mais parce qu'il savait précisément de quelle manière Carlton, cinq mois plus tôt, l'avait poursuivie de ses assiduités pour la convaincre de devenir le « visage » de sa nouvelle ligne de produits de beauté.

Et, comme à l'époque leur mariage commençait déjà à battre de l'aile, Carlton n'avait eu aucun mal à la séduire.

Il le savait parce que Carlton avait pris un immense plaisir à tout lui raconter !

— Où Carlton croit-il que tu es, ce soir ? Pas en train de dîner avec moi, je suppose.

Elle poussa un nouveau soupir.

— Je ne suis pas venue pour parler de Jerome. Je… En fait, cela fait plusieurs semaines que je ne l'ai pas vu. Mon père a été malade, vois-tu, et…

— Donald a été malade ? la coupa-t-il, repoussant d'un geste le serveur qui s'approchait de leur table pour prendre la commande, trop impatient d'entendre la suite.

S'il ne lui avait pas échappé qu'elle avait déclaré ne pas avoir vu Carlton depuis plusieurs semaines, il voulait également en entendre davantage sur son père. Il ne l'avait rencontré que trois fois, mais Donald Miller lui avait bien plu.

— Mon père ne se sentait pas bien depuis quelque temps et, il y a un mois, il a fait une crise cardiaque…

— Mais… pourquoi ne m'as-tu pas prévenu ? intervint-il.

Kenzie battit des paupières, ébahie. Comme elle l'avait appris à ses dépens, Dominick ne « donnait pas dans les relations familiales ». Il était issu d'une famille qui avait éclaté quand il avait huit ans, et même une famille unie comme la sienne ne pouvait redorer à ses yeux le blason de cette institution. Il ne voulait pas avoir de vie de famille du tout.

— Mais au nom de quoi aurais-je dû te prévenir ? lui demanda-t-elle, incrédule. Après notre mariage, tu ne t'es jamais intéressé à ma famille. Pourquoi cela devrait-il changer maintenant que nous sommes divorcés ?

— Séparés, la corrigea-t-il sévèrement. Je n'ai pas encore signé les papiers du divorce.

Non, en effet, même si, à vrai dire, elle ne voyait pas pourquoi. Elle pensait qu'il aurait souhaité être débarrassé d'elle et des liens qui les unissaient le plus vite possible.

— Séparés, si tu veux, concéda-t-elle. Je…

Elle s'interrompit quand un serveur vint déposer un plateau de hors-d'œuvres sur la table avant de s'éclipser.

Dominick se tourna vers lui et lui adressa un sourire contrit. Apparemment, le serveur avait perçu la tension à leur table et senti qu'ils risquaient de ne rien commander du tout.

Désarçonnée, Kenzie reprit avec maladresse :

— Et toi, comment vont tes parents ?

Elle avait en tout et pour tout rencontré une fois sa mère et une fois son père. Son père s'était montré très séducteur et sa mère exclusivement intéressée par les produits de beauté qu'utilisait Kenzie pour préserver son teint.

Dans les deux cas, Kenzie avait été parfaite : elle était restée tout sourires avec son père et avait répondu avec chaleur à sa mère.

Dominick reconnut à contrecœur qu'à ces deux occasions elle l'avait impressionné, d'autant que ses parents ne s'étaient guère intéressés à son mariage. Et quand il leur avait annoncé leur séparation, ils avaient à peine réagi.

— Comme d'habitude, répondit-il brièvement. Mais cesse d'essayer de changer de sujet. Parle-moi de ton père.

D'un air absent, elle piqua dans l'assiette posée entre eux et prit une bouchée avant de répondre.

Dominick ne put détacher son regard de ses lèvres pleines, des lèvres qu'il avait embrassées et qui lui avaient donné un plaisir immense.

Mon Dieu, comme il avait envie d'elle !

Et comme il regrettait de l'avoir…

Kenzie se passa la langue sur les lèvres et baissa les yeux.

— Il a fait une crise cardiaque, répéta-t-elle.

Dominick savait que, pour sa mère, ses trois sœurs et elle, qui était l'aînée, ce devait être un coup très dur. Elles adoraient Donald toutes les cinq.

Kenzie avait été son épouse. Elle l'avait quitté et, maintenant, elle était venue lui demander son aide. Mais que pourrait-il faire pour elle ? Elle avait de l'argent, beaucoup d'argent, et assumer les frais médicaux pour son père ne serait donc pas un souci pour elle. Alors que pourrait-il faire de plus ?

Kenzie sentit qu'elle devait cesser de tergiverser. Soit Dominick accepterait de l'aider, soit il refuserait. Mieux valait qu'elle soit fixée le plus rapidement possible.

— Ma sœur Kathy se marie samedi. Elle souhaitait repousser le mariage, le temps que mon père se rétablisse, mais il a insisté pour qu'elle ne change rien.

Dominick fronça les sourcils.

— Et tu souhaites que j'envoie un cadeau de mariage… ?

— Non, bien sûr que non, le coupa-t-elle. Si seulement c'était aussi simple !

— J'imagine que tu n'attends pas de moi non plus que je remplace ton père pour conduire Kathy à l'autel.

— Arrête, tu es ridicule ! le tança Kenzie, exaspérée. Ce que j'ai besoin que tu fasses pour moi, c'est… Ce n'est pas facile, Dominick, murmura-t-elle alors que ses grands yeux verts se remplissaient de larmes.

Il secoua la tête.

— Je ne vois pas ce que je peux faire pour toi.

Peut-être avait-il raison.

Depuis leur séparation, Kenzie avait eu le temps de réfléchir et d'admettre que, si leur mariage n'avait pas fonctionné, ce n'était pas entièrement sa faute.

Il ne lui avait pas menti, il avait toujours été honnête sur ses sentiments. Jamais, ni avant ni après leur mariage, il ne lui avait déclaré être amoureux d'elle. Si elle s'était convaincue du contraire, c'était à cause de son caractère romantique.

Mais elle avait dû finir par accepter la pénible vérité.

— En fait, j'ai besoin que tu m'accompagnes au

mariage de Kathy samedi, lâcha-t-elle avant de lever les yeux pour jauger sa réaction.

Dire qu'il semblait abasourdi était un euphémisme, même s'il ne tarda pas à reprendre contenance. En le voyant plisser les yeux et l'observer d'un regard interrogateur, elle comprit qu'il réfléchissait pour deviner la raison de sa requête. Mais il ne parut pas réussir à trouver une réponse satisfaisante.

— Pourquoi ? lui demanda-t-il finalement.

— Parce que tout le monde s'attend à te voir.

— Pourquoi ? insista-t-il.

— Parce que… Parce que je n'ai pas dit à ma famille que nous étions séparés ! finit-elle par admettre.

Dominick fronça les sourcils. Après quatre mois, la famille de Kenzie ignorait leur séparation ?

Heureusement, les journaux non plus ne semblaient pas en avoir eu vent. Mais pourquoi n'en avait-elle pas parlé à ses proches ?

Etant donné que Kenzie l'avait quitté pour un autre, il ne s'expliquait pas son comportement.

Son père avait fait une crise cardiaque un mois plus tôt. Etait-ce avant ou après qu'elle lui eut envoyé les papiers du divorce ?

Après, sans doute. Sinon, elle aurait tout avoué à sa famille.

Kenzie ne parvenait plus à soutenir le regard de Dominick. Elle savait que n'avoir rien dit à sa famille était stupide et qu'elle avait été encore plus idiote d'espérer que leur séparation ne serait que temporaire.

Elle n'arrivait pas à concevoir qu'il ne ressente absolument rien pour elle, elle avait voulu croire que son absence lui ferait prendre conscience de ses sentiments. Elle avait aussi espéré qu'il finirait par se rendre compte qu'elle ne l'avait pas trompé avec Jerome Carlton.

Pour toutes ces raisons, elle n'avait rien dit à sa famille.

Cela n'avait pas été très difficile. Après leur séparation, elle avait passé près d'un mois aux Etats-Unis. Et, comme tout le monde savait que Dominick était très occupé, on ne s'était pas étonné qu'il ne l'accompagne pas quand elle avait rendu visite à ses parents. Lorsque son père était tombé malade, elle avait prétendu qu'il était en voyage d'affaires en Australie, et ses explications avaient été acceptées sans plus de questions.

Mais elle avait attendu en vain qu'il comprenne ses erreurs. Même les documents officiels de demande de divorce ne l'avaient pas fait réagir. Alors, la mort dans l'âme, elle avait accepté qu'il ne l'aimait pas, que leur mariage était bel et bien terminé.

Mais, avant qu'elle puisse l'annoncer à sa famille, son père avait été hospitalisé, et il était devenu sa seule préoccupation.

Il était maintenant en bonne voie de guérison et les médecins avaient déclaré que, s'il ne subissait pas de stress, il ne tarderait pas à se remettre complètement.

Pas de stress. Ce n'était donc pas le moment pour son père d'apprendre que sa fille aînée était en instance de divorce.

Voilà pourquoi elle se retrouvait contrainte de demander à Dominick de faire comme s'ils étaient toujours mari et femme.

Mais encore fallait-il qu'il accepte…

3.

— Pourquoi ne leur as-tu rien dit, Kenzie ? insista Dominick.

Lui-même n'était pas allé chanter sur les toits la fin de leur mariage, mais il n'aurait jamais cru qu'elle l'aurait caché à ses proches.

Elle lui retourna un regard noir, les yeux encore emplis de larmes.

— Selon toi, j'aurais dû leur apprendre que notre mariage n'a tenu que neuf mois ? dit-elle, dépitée. Oh ! j'allais le faire, je t'assure que j'en avais l'intention. Mais tout le monde était tellement accaparé par la perspective du mariage de Kathy ! Et puis, peu après, Carly a annoncé qu'elle était enceinte et, juste après, c'était le tour de Suzie. Alors je n'ai pas pu…

— Kenzie…

— Non, tais-toi, le coupa-t-elle en le dévisageant. Tu as été très clair sur ce que t'inspirait le fait d'avoir des enfants.

Quand ils avaient commencé à se voir, puis au début de leur mariage, ils n'avaient jamais abordé la question des enfants. Aussi, quand, au bout de huit mois, Kenzie avait suggéré qu'ils pourraient fonder une famille, il avait été pris de court.

Devant son refus d'envisager cette possibilité, Kenzie avait semblé prendre ses distances avec lui. Elle n'était plus l'amante fiévreuse ni la compagne enthousiaste qu'il avait connue. Ensuite, un mois plus tard, elle lui avait annoncé qu'elle avait accepté la proposition de Jerome Carlton de travailler exclusivement pour Carlton Cosmetics et qu'elle partait pour les Etats-Unis la semaine suivante.

Alors, il avait commis la plus grande erreur de sa vie en lui annonçant que, si elle décidait de partir, ce n'était pas la peine de revenir…

Or, non seulement elle était partie, mais elle l'avait quitté pour Jerome Carlton.

Dominick savait maintenant que Carlton Cosmetics était une affaire de famille. Jack Carlton avait pris sa retraite cinq ans plus tôt et transmis les rênes de l'entreprise à son fils aîné. Adrian et Caroline, ses frère et sœur, détenaient également des parts importantes de la société.

Il le savait car, au cours des derniers mois, il s'était fait un devoir de le découvrir.

— Je… Est-ce que tu comprends mon problème, Dominick ? s'enquit Kenzie avec anxiété.

Il posa sur elle un regard froid.

— Oh ! oui, je le comprends très bien. Je comprends très bien que cela ferait mauvais genre si tu débarquais au mariage de ta sœur avec ton amant.

— Je ne l'ai jamais envisagé. Je compte dire la vérité à ma famille, mais j'ai juste…

Elle s'interrompit pour soupirer et reprit :

— Viendras-tu avec moi samedi, oui ou non ? Ne serait-ce que pour le bien de mon père, ajouta-t-elle.

— C'est du chantage affectif, Kenzie, tu le sais très bien !

Vraiment ? Possible. Elle ne le faisait pas pour elle, mais pour son père.

Hélas, Dominick ne voyait pas les choses ainsi.

— Je sais que je t'en demande beaucoup et si je n'étais pas persuadée que c'est important, je ne le ferais pas. Cependant je te serais reconnaissante de faire cela pour moi…

En réponse, son expression devint encore plus froide, son regard encore plus sombre.

— Dis-moi si je me trompe, Kenzie, reprit-il tout bas, mais j'ai comme l'impression que tu t'offres en sacrifice pour me pousser à être ton mari encore un jour de plus.

— Mais bien sûr que non ! protesta-t-elle, incrédule. Je n'insinuais pas que… Ce n'était pas mon intention de te laisser croire que…

Impuissante, elle leva les mains.

— Oublie ce que je t'ai dit. Oublie même que je t'en ai parlé. Je trouverai une autre solution, déclara-t-elle d'un ton ferme.

Dominick observa ses longues mains délicates, des mains qui, avant, le touchaient, le caressaient…

Des mains qui maintenant caressaient un autre homme.

Désormais, il comprenait pourquoi elle n'avait pas vu Jerome Carlton depuis plusieurs semaines. Elle ne pouvait pas rendre visite à son père à l'hôpital avec lui alors que sa famille ignorait qu'elle avait un amant !

— Qu'est-ce que tu vas faire, Kenzie, leur dire que je suis trop pris par mes affaires pour venir au mariage de ta sœur ?

En fait, le week-end dernier, elle avait déjà essayé cette tactique.

— J'ai déjà dit à mes parents que tu étais en Australie pour affaires mais mon père est certain que tu feras l'effort de rentrer à temps pour le mariage de ta belle-sœur.

— C'est agréable de savoir qu'au moins un membre de ta famille a un peu de foi en moi.

Kenzie ouvrit la bouche pour répondre mais se ravisa. Que pouvait-elle dire sans que la situation empire ?

— Ce n'est pas le bon endroit pour avoir une telle conversation, décréta alors Dominick avant de vider son verre et de se lever. Allons-nous-en ! reprit-il en la prenant par le bras pour l'inciter à le suivre.

Quand elle sentit sa main sur elle, Kenzie s'efforça de ne pas trembler pour éviter de lui montrer qu'il lui faisait toujours autant d'effet.

Dominick la conduisit à travers la salle, saluant le maître d'hôtel au passage.

— Où allons-nous ? lui demanda Kenzie, qui sentait désormais sa main au bas de son dos, une fois qu'ils furent dehors et alors qu'il venait de héler un taxi.

— A mon appartement, dit-il sèchement.

Kenzie hésita à monter dans le taxi.

— Ton… Tu veux dire l'appartement où tu… où nous…

— Où nous nous sommes installés après notre mariage ? acheva-t-il pour elle. Oui. C'est ma résidence principale à Londres depuis cinq ans. Pourquoi voudrais-tu que j'en change ?

Pourquoi, en effet ? Fataliste, elle s'assit dans le taxi, prenant soin de s'installer assez loin de lui pour que leurs jambes ne s'effleurent pas.

Au cours des neuf mois de leur mariage, elle avait découvert que Dominick était un homme d'habitudes. Même s'il voyageait beaucoup pour ses affaires, il possédait un pied-à-terre toujours prêt à l'accueillir dans chaque pays car il n'aimait pas séjourner à l'hôtel. Pas même dans un hôtel dont il était propriétaire.

Elle avait mis ce besoin de se sentir partout chez lui sur le compte de son enfance instable…

La perspective d'aller chez Dominick ne l'enchantait pas. Ils avaient vécu ensemble dans cet appartement encore chargé de souvenirs de leur vie à deux. C'était aussi là-bas qu'avait éclaté la scène qui avait scellé leur rupture.

Mais elle devait prendre sur elle car, tant qu'il n'avait pas catégoriquement refusé de l'accompagner au mariage de sa sœur, elle devait poursuivre cette conversation avec lui.

— Je te sers quelque chose ? lui proposa-t-il une fois qu'ils furent arrivés.

Un verre l'aiderait-elle à se calmer ? Peut-être un peu.

— Oui, merci, répondit-elle avant d'accepter le verre qu'il lui tendait.

Dominick observa la courbe de son cou tandis qu'elle buvait une gorgée, admira sa peau douce et soyeuse. Il devait admettre que, ces derniers mois, elle lui avait manqué, et pas seulement au lit. Parfois aussi, il avait souffert de ne pas pouvoir bavarder et rire avec elle.

— Bien, il me semble que nous discutions du sacrifice que tu semblais prête à effectuer pour me persuader de t'accompagner au mariage de Kathy.

Kenzie fut si scandalisée par sa façon de présenter les choses qu'elle avala de travers et fut prise d'une quinte de toux.

— Doucement, intervint Dominick qui vint lui taper dans le dos pour l'aider à se reprendre.

Avec un peu trop de véhémence.

— Tu fais exprès de taper aussi fort ! lui reprocha-t-elle une fois qu'elle eut repris son souffle.

Elle avait les joues empourprées et son regard brillait de colère.

— Je te ressers ? lui proposa-t-il avec ironie en lui prenant son verre des mains.

— Non, merci, contra-t-elle. Je n'aurais jamais dû…

— Comment peux-tu le savoir alors que je ne t'ai pas encore donné ma réponse ?

Elle secoua la tête.

— Tu ne fais que jouer avec moi. Tu prends un malin plaisir à me voir me débattre tout en sachant que, de toute façon, tu finiras par dire non…

— Non, ça, je n'en sais rien, la coupa-t-il. Pas plus que toi.

Kenzie poussa un soupir d'exaspération.

— Je me demande bien pourquoi j'ai cru que faire appel à ton fonds d'humanité pourrait…

— Alors que nous savons tous deux que je n'ai aucune humanité ?

Ce n'était pas vrai. Dominick avait de nombreux défauts, mais jamais elle ne serait tombée amoureuse de lui si elle n'avait pas perçu qu'il dissimulait la meilleure part de lui-même.

Mais, encore une fois, se retrouver en sa compagnie lui faisait comprendre qu'elle avait été naïve de croire qu'il pourrait encore vouloir d'elle, qu'elle réussirait à le faire tomber amoureux alors que jamais auparavant il n'avait aimé une femme. Oh oui ! Elle avait été stupide, et beaucoup trop romantique…

Et, depuis le jour où elle lui avait annoncé sa décision d'accepter la proposition de Carlton Cosmetics, ce qui l'obligeait à partir aux Etats-Unis pour un mois, il s'était montré odieux.

A cette époque, ils vivaient une période difficile et elle pensait sincèrement que se retrouver séparés pendant quelques semaines leur donnerait un peu d'air pour réfléchir chacun de leur côté, et trouver un compromis sur leur différend au sujet des enfants.

Au lieu de cela, Dominick l'avait accusée d'avoir une relation avec Jerome Carlton et avait refusé de croire ses dénégations.

— Quand nous nous sommes rencontrés, tu n'étais pas aussi sarcastique et blessant, Dominick, dit-elle, le front plissé.

— Peut-être que je jouais au gentil parce que je voulais te mettre dans mon lit, rétorqua-t-il avec dérision. Ou peut-être que voir sa femme quitter son lit pour celui d'un autre produit cet effet-là, qui sait ? Mais dis-moi, Kenzie, c'est un bon amant, au moins ? Meilleur que moi ?

Il lui suffisait d'imaginer Kenzie dans les bras de Jerome Carlton pour perdre toute retenue.

— Au moins, j'espère qu'il m'est reconnaissant d'avoir été un bon professeur pour toi ! poursuivit-il, comme elle gardait le silence.

Etait-il en train de perdre la raison ? Furieux contre lui-même, il se retourna. Revoir Kenzie le faisait plonger dans un abîme au bord duquel il se tenait depuis quatre mois.

Il ne voyait pas d'autre explication à la jalousie qui le dévorait.

— Ecoute, Dominick, à part continuer à t'affirmer que Jerome et moi n'avons jamais été amants, ni pendant notre mariage ni depuis notre séparation, je ne dispose d'aucun moyen de te convaincre que tu te trompes sur mes rapports avec lui.

Elle savait que le lui dire était vain. Dès le jour où

elle avait accepté la proposition de Jerome Carlton, tout avait été terminé.

Dominick pensait que le fait que Kenzie n'avait jamais partagé l'intimité d'un homme avant leur rencontre lui assurerait sa fidélité. Mais son aventure avec Carlton avait prouvé qu'elle n'était pas plus digne de confiance que n'importe quelle autre femme.

— Je crois que je ferais mieux de m'en aller avant que cette conversation ne prenne un tour encore plus désagréable, déclara Kenzie.

Ils se faisaient du mal, Dominick en était conscient. Il s'efforça d'évacuer la tension de ses épaules et se retourna pour lui faire face et lui annoncer sa décision.

— A quelle heure est la cérémonie, samedi ?

Kenzie, sur ses gardes, écarquilla les yeux.

— Pourquoi me demandes-tu cela ?

Il lui adressa un sourire ironique.

— Si j'arrive trop tard, ça ne va pas beaucoup t'aider, n'est-ce pas ?

Alors, en fin de compte, il acceptait de l'accompagner ? Il allait l'aider à dissimuler la vérité à son père ?

Elle déglutit.

— Si tu es sérieux, si tu es réellement déterminé à venir, nous sommes attendus vendredi soir chez mes parents pour le dîner, lui dit-elle.

— Kenzie, au départ, tu m'as demandé de t'accompagner au mariage. Je suppose que tu souhaites aussi que j'assiste à la réception. Tu ne crois pas que tu exagères en me demandant en plus d'être présent la veille chez tes parents ? protesta-t-il.

— En fait, ce n'est pas tout... Mes parents souhaitent que nous passions la nuit de vendredi à samedi chez eux.

Avant même que Dominick accepte, elle avait su que cela constituerait un problème. Mais pas insurmontable.

Les trois chambres chez ses parents étaient équipées de lits jumeaux. Ils n'auraient donc pas à partager le même lit, mais seulement la même chambre.

Toutefois, sa réaction physique quand Dominick lui avait simplement posé la main sur le bras puis en bas du dos lui avait fait comprendre qu'elle risquait de passer un moment de promiscuité difficile…

Dominick l'observait en silence. Il contempla ses longs cheveux, revint sur son visage et le regretta, car à peine eut-il croisé son regard qu'il eut la sensation de se noyer dans ses yeux émeraude.

Des yeux qui savaient si bien mentir, se rappela-t-il, songeant à son obstination à nier sa relation avec Jerome Carlton.

Mais, à l'instant, Kenzie était là, prête à retomber sous son emprise…

— Je suis sûr que passer la nuit chez tes parents ne sera pas un souci.

— Vraiment ? répliqua-t-elle en l'observant d'un air songeur.

— Oui, j'en suis certain, insista-t-il, satisfait. Nous avons partagé le même lit pendant neuf mois, nous pouvons donc bien partager la même chambre pendant une nuit.

Kenzie fut un peu déstabilisée car elle s'était attendue à devoir de nouveau argumenter.

— Je… bien, dit-elle avec maladresse, trop soulagée qu'il ait accepté pour chercher à déterminer ce que cachait sa réponse.

Elle aurait tout le temps d'y réfléchir plus tard.

— Nous sommes attendus dans le Worcestershire aux environs de 19 heures.

— Très bien, nous prendrons ma voiture. Ça te va si nous partons vers 16 heures ?

— Oui, c'est parfait, dit-elle, toujours méfiante.

— Mon adresse est…

— Je connais ta nouvelle adresse, coupa-t-il avec mépris.

Il savait où elle habitait ? Il était au courant qu'elle avait acheté un appartement et s'y était installée à son retour des Etats-Unis ?

— L'adresse figure sur les papiers de divorce, précisa Dominick. Maintenant, si ça ne t'ennuie pas, j'ai déjà perdu beaucoup de temps avec cette histoire et j'ai du travail.

Elle lui retourna un sourire entendu.

— Bien sûr…

Elle se dirigeait déjà vers la porte lorsqu'il ajouta :

— Oh ! au fait, Kenzie…

Elle se retourna lentement.

— Oui ?

Il prit une expression moqueuse.

— Je te ferai savoir ce que je souhaite en échange de ce petit service.

Kenzie se sentit pâlir.

— Ce que tu souhaites en échange ? répéta-t-elle.

— Oui, bien sûr. Tu ne pensais tout de même pas que je le ferais pour tes beaux yeux ?

Elle avait été tellement préoccupée par le fait qu'il accepte de venir au mariage qu'elle n'avait pas réfléchi plus loin.

Il secoua la tête.

— Tu es toujours aussi naïve, Kenzie. Je vais réfléchir pendant un jour ou deux et je te dirai ce que je souhaite.

Elle n'obtiendrait rien de plus ce soir, songea-t-elle avec résignation avant de quitter l'appartement, certaine qu'elle ne serait pas prête à lui donner ce qu'il exigerait.

Le pire, cependant, serait qu'il lui demande quelque chose qu'elle était prête à lui offrir, mais qui signerait à coup sûr sa perte…

4.

— Un peu d'entrain, Kenzie ! déclara Dominick en se tournant vers elle après avoir garé sa Ferrari dans l'allée, derrière la Mercedes de son père, plus conventionnelle. Souris, voyons !

En effet, au lieu de paraître heureuse d'être chez elle pour fêter le mariage de sa sœur, Kenzie faisait une tête de condamnée qu'on mène à l'échafaud.

— Je suis tout disposé à jouer mon rôle du mieux possible pour convaincre tes parents que nous sommes toujours un couple marié qui nage dans le bonheur. Mais si tu n'y mets pas du tien, tous mes efforts seront réduits à néant, lui reprocha-t-il.

Il était d'autant plus irrité qu'il trouvait cette épreuve beaucoup plus difficile qu'il ne l'aurait cru.

Depuis quatre mois, il avait vu un peu partout des photos de Kenzie et les avait regardées avec détachement. Mais, en chair et en os, elle était très différente.

Il avait oublié combien elle était sexy avec ses cheveux en cascade sur les épaules et un léger maquillage. Avec ce T-shirt blanc cintré et ce jean délavé qui épousait comme un fourreau la forme de ses jambes longilignes, elle dégageait une sensualité folle.

Autant dire qu'au cours des deux heures de trajet il avait été extrêmement sensible à sa présence à côté de lui.

Mais il n'avait pas l'intention de lui montrer à quel point et ne lui avait parlé que quand c'était nécessaire.

— Désolée, répondit Kenzie avec une grimace contrite, j'étais ailleurs…

Elle devina à l'expression de Dominick que sa réponse ne lui plaisait pas.

Il devait croire qu'elle pensait à Jerome et espérait en avoir terminé au plus vite avec ce week-end pour retourner dans ses bras.

En vérité, elle ne parvenait pas à oublier Dominick et le sentir près d'elle la faisait vibrer de tout son être.

Sans doute aurait-il été surpris d'apprendre qu'elle était dans un tel état à cause de lui. En tout cas, une chose était sûre : son T-shirt noir tout simple et son jean lui donnaient une allure plus abordable — et incroyablement sexy — que ses costumes d'homme d'affaires…

Depuis deux jours, elle se demandait aussi ce qu'il allait lui demander en échange de sa présence pendant ce week-end et à quel moment il allait lui dévoiler sa requête.

Dominick lui adressa un dernier regard impatient avant de descendre de voiture. Quand il vint lui ouvrir sa portière, il avait déjà sorti leurs affaires.

— Dominick ? l'arrêta-t-elle en lui posant la main sur le bras.

— Quoi ?

Elle ôta sa main, ce simple petit contact suffisant à la troubler, puis déclara d'un air contrit :

— Tu as raison, nous n'avons pas l'air d'un couple heureux.

Il se passa la main dans les cheveux.

— A vrai dire, je ne sais pas vraiment quelle tête nous devrions faire pour avoir l'air heureux.

Kenzie fronça les sourcils.

— Peut-être que si tu t'efforçais d'avoir l'air moins… distant ?

— Un peu moins distant, répéta-t-il, songeur.

— Dominick…

Elle n'eut pas le temps de continuer, car il lui passa un bras autour des épaules pour la serrer contre lui. Elle eut tout juste le temps de sentir son corps vigoureux et ferme contre le sien avant qu'il n'incline la tête et capture ses lèvres pour l'embrasser.

Franchement.

Intensément.

Passionnément !

Après qu'il se fut montré aussi silencieux au cours du trajet, c'était la dernière chose à laquelle elle s'attendait, mais elle était si déroutée qu'elle s'accrocha à ses larges épaules pour s'offrir à son baiser, qu'il prolongea encore et encore.

Enfin, il releva la tête pour la regarder d'un air triomphant.

— Comme ça, c'est mieux ?

Beaucoup mieux.

Beaucoup trop…

Elle n'apprécia pas la lueur de victoire dans ses yeux et s'écarta de lui.

— Je ne crois pas que ce soit la peine d'aller aussi loin…

— Les mariages produisent toujours cet effet sur moi aussi ! les interrompit son père d'une voix joviale tandis qu'il venait les accueillir.

— Nous en reparlerons plus tard, marmonna Kenzie.

— Peut-être, répondit Dominick qui, de nouveau, entoura ses épaules de son bras tandis qu'il se tournait vers Donald Miller.

« Le grand jeu a commencé… », songea Kenzie avec dépit tout en s'avançant vers son père pour s'écarter de Dominick.

Silencieux, Dominick regarda Kenzie et son père s'embrasser chaleureusement et remarqua une fébrilité inhabituelle chez Donald Miller. Ses traits tirés trahissaient sa convalescence récente et il flottait un peu dans ses vêtements.

Cependant, quand il lui serra la main, sa poigne était ferme et franche, et ses yeux verts chaleureux, à l'opposé de ceux de sa fille aînée quand il était passé la chercher chez elle, deux heures plus tôt.

— Ça fait plaisir de vous revoir, Dominick, lui dit Donald avec sincérité.

— Bonjour, monsieur…

Il n'avait jamais été très proche de la famille de Kenzie et ce n'était pas maintenant que cela allait changer.

— Je suis vraiment désolé de ne pas avoir pu me libérer pour venir vous voir plus tôt.

— Oh ! nous savons à quel point vous êtes occupé. Et puis, maintenant, je vais bien, répondit Donald en balayant ses scrupules d'un geste. Allez, venez saluer Nancy. Elle sera ravie de vous voir.

Dominick savait que la famille de Kenzie était l'exact opposé de la sienne. Après trente ans de mariage, Donald et Nancy s'aimaient toujours, et leurs quatre filles étaient toutes très proches d'eux.

Nancy le serra dans ses bras et il se sentit mal à l'aise d'être aussi bien accueilli alors que, s'il était là, c'était avant tout pour profiter du désarroi de Kenzie et se venger de son infidélité.

Les sœurs de Kenzie le saluèrent avec la même bienveillance et les deux cadettes l'informèrent que Colin et Neil, leurs maris respectifs, ne tarderaient pas à arriver.

Les quatre sœurs Miller avaient les mêmes cheveux bruns et les mêmes yeux verts, et ces quatre beautés rassemblées offraient un spectacle étonnant. Quand mère et filles se lancèrent dans une discussion sur les robes qu'elles porteraient le lendemain, il fut soulagé.

— C'est le moment pour nous de battre en retraite, lui glissa Donald. Dominick et moi, nous allons aller promener le chien, annonça-t-il à voix haute.

Son épouse lui adressa un regard entendu.

— Je te rappelle que nous n'avons pas de chien, Donald, et que tu n'as pas le droit non plus d'aller au pub, si c'est ce que tu as en tête, ajouta-t-elle sur un ton de reproche.

— J'ai tout à fait le droit de me rendre au pub, la corrigea Donald. Je dois seulement éviter de commander la pinte de bière que je boirais en temps normal.

— De plus, je suis sûre que Dominick n'a aucune envie d'aller au pub. N'est-ce pas, Dominick ?

En effet, passer un moment seul avec le père de Kenzie ne l'intéressait pas. Mais il n'avait pas non plus envie de rester là à regarder Kenzie bavarder avec ses proches.

Elle lui avait demandé d'être là pour elle et il l'avait fait. En retour, elle lui donnerait ce qu'il voulait. Mais partager l'intimité de sa famille ne faisait pas partie de leur marché.

Soudain, il remarqua que Kenzie le regardait fixement. Sans doute avait-elle perçu son manque d'enthousiasme à la perspective de passer un peu de temps avec son père.

— Je crois que Dominick et moi devrions commencer par aller poser nos affaires dans notre chambre et nous rafraîchir un peu.

Elle s'avança vers lui et lui prit le bras.

— Tu pourras aller promener le chien dans une demi-heure, d'accord, papa ? dit-elle à son père sur un ton taquin.

— Une demi-heure, une heure… Tant que je peux m'éloigner un moment de vos bavardages, c'est tout ce qui compte, répliqua Donald avec un sourire.

Tandis qu'ils montaient à l'étage, Kenzie sentit à quel point Dominick était tendu. Elle savait que les relations chaleureuses au sein de sa famille l'avaient toujours déstabilisé et qu'il avait toujours voulu s'en tenir à l'écart.

Pour un homme qui n'avait connu que l'instabilité familiale, c'était compréhensible. Mais cela rendait plus surprenante encore sa décision d'accepter de l'accompagner au mariage de sa sœur. Et plus inquiétante la perspective de ce qu'il allait lui demander en échange…

— Je suis désolée pour tout ça, dit-elle avec une grimace en s'asseyant sur un des lits jumeaux de leur chambre. Tu penses que tu vas tenir un week-end entier ?

— Oh ! je survivrai, répliqua-t-il en se mettant à arpenter la chambre, les mains dans les poches. Que disent les médecins, pour ton père ?

— Ils sont optimistes, répondit-elle en baissant les yeux. Il nous a fait une grosse frayeur, mais il se remet bien. Ma mère souhaiterait néanmoins qu'il vende son agence immobilière et cesse de travailler.

Elle n'était pas certaine que Dominick ait envie d'en savoir autant, mais elle parlait pour chasser sa nervosité.

— Et… ?

Elle haussa les épaules.

— Mon père met en avant le fait qu'il n'a pas encore soixante ans et n'a pas suffisamment d'économies pour prendre sa retraite. Hélas, mes parents n'accepteront jamais que je leur prête de l'argent, ajouta-t-elle avec un soupir.

Il imaginait très bien ce qu'éprouvaient Donald et Nancy à l'idée de se faire prêter de l'argent par leur fille aînée. Mais si…

Oh et puis, à quoi bon ? Il n'avait aucune envie de se mêler des affaires de cette famille unie !

Pour sa part, cela faisait vingt ans qu'il s'était émancipé de ses parents qu'il voyait le moins souvent possible.

Plutôt que d'aller à l'université, il avait choisi de travailler dans un hôtel ; il avait rapidement gravi les échelons pour se retrouver directeur à vingt-trois ans. Ensuite, il avait investi toutes ses économies dans le rachat de cet hôtel et l'avait transformé en un établissement très rentable.

Désormais, il possédait des hôtels partout dans le monde — et aussi d'autres entreprises. Très prochainement, après quatre mois de secrètes tractations, il comptait bien s'offrir une marque de cosmétiques…

S'il avait réussi à atteindre ses objectifs, c'est parce qu'il n'avait jamais laissé ses émotions prendre le dessus sur la raison.

Jusqu'à ce qu'il rencontre Kenzie.

C'était la fissure dans son armure.

Une fissure qu'il avait néanmoins colmatée en faisant d'elle son épouse.

Mais la fissure s'était rouverte quand elle avait commencé à lui demander pourquoi il ne lui disait jamais qu'il l'aimait et lui avait parlé d'avoir un enfant.

Kenzie avait argué que leur enfant ne souffrirait pas d'un manque d'affection ni d'instabilité, contrairement à ce qu'il avait vécu. Il était cependant resté hermétique à cet argument, ce qui l'avait beaucoup attristée.

Il n'avait jamais compris l'intérêt d'avoir un enfant. Ils étaient heureux ensemble, alors à quoi bon bousculer le quotidien ?

Kenzie n'avait pas vu les choses comme lui et, petit à petit, leurs relations s'étaient tendues. Lentement, une barrière invisible s'était érigée entre eux et, même quand ils faisaient l'amour, ils n'y prenaient plus le même plaisir.

La proposition de Carlton Cosmetics avait donné le coup de grâce à leur union.

Mais il n'avait pris la mesure de la débâcle que quelques semaines plus tard, quand il avait parlé à Jerome Carlton.

A ce moment-là, c'était déjà trop tard : Kenzie avait fait son choix et décidé de sortir de sa vie.

Avec un soupir, Kenzie se leva, tirant Dominick de ses pensées.

— La salle de bains est ici, dit-elle en désignant une porte. Prends tout ton temps et ne te sens pas obligé de redescendre si tu n'en as pas envie. Je suis sûre que mes sœurs et mes parents comprendront qu'après une journée de travail et le trajet jusqu'ici, tu es fatigué.

— J'ai trente-huit ans, Kenzie, pas quatre-vingt-huit ! rétorqua-t-il, vexé. Et je me rappelle très bien être allé travailler le matin après l'un de nos éreintants marathons sexuels, il n'y a pas si longtemps que cela.

— Et voilà toute la différence entre nous, Dominick, rétorqua-t-elle, blessée.

C'était là en effet une différence cruciale qui avait toujours existé entre eux.

— Tu vois, moi, je croyais que nous faisions l'amour, pas que nous effectuions un « marathon sexuel ».

Il lui retourna une moue dédaigneuse.

— Tu as toujours aimé enjoliver les choses.

— Alors que toi, tu portes des œillères, ce qui te donne une vision extrêmement étriquée du monde ! jeta-t-elle avant de quitter la pièce et de fermer la porte derrière elle.

Elle retint les larmes qui lui piquaient les yeux et redescendit l'escalier pour rejoindre sa famille. Au moins, avec eux, elle retrouverait un peu d'amour et de chaleur.

Dominick garda les yeux rivés sur la porte.

L'amour…

C'était bon pour les gens comme Kenzie, pas pour lui. Bon pour des gens qui n'avaient pas été élevés par des parents qui ne pensaient qu'à se tromper l'un l'autre. Car, aimer une personne pour la vie entière était impossible.

« Et Donald et Nancy, alors ? », lui souffla une agaçante petite voix intérieure.

L'exception qui confirmait la règle…

Il avait appris très tôt qu'on ne pouvait pas faire confiance à l'amour. L'amour ne faisait que se jouer du monde, et il n'entendait pas être du lot.

5.

— De quoi as-tu parlé avec mon père, tout à l'heure ? demanda Kenzie à Dominick, curieuse, tandis qu'elle sortait de la salle de bains avant de se mettre au lit.

Les deux hommes avaient disparu après que Dominick fut redescendu et, tout le temps de leur absence, elle avait été inquiète. Cela lui avait valu quelques taquineries de la part de ses sœurs, qui croyaient que Dominick lui manquait.

Sa famille l'ignorait, mais cela faisait plusieurs mois qu'il lui manquait. Elle n'avait jamais réellement accepté leur séparation, tout en étant consciente que se lamenter ne servait à rien : Dominick ne changerait jamais.

Elle avait répondu à ses sœurs par des sourires et, ensuite, l'arrivée de Neil et Colin avait détendu l'atmosphère. Comme Dominick et son père étaient revenus peu après et qu'ils avaient dîné tous ensemble, elle n'avait pas eu l'opportunité de lui parler en privé avant qu'ils regagnent leur chambre.

Elle avait besoin de s'exprimer pour ne pas laisser s'installer le malaise qu'elle éprouvait à se retrouver seule avec lui en tenue légère dans l'intimité d'une chambre à coucher.

Dominick, allongé tout habillé sur un des deux lits, tourna la tête pour la regarder.

— Très sexy, dit-il tout bas en la détaillant de la tête aux pieds. Autant que je me rappelle, tu avais l'habitude de dormir toute nue. Depuis quand portes-tu un de ces pyjamas tue-l'amour ?

— Depuis que je sais que je vais devoir dormir dans la même chambre que mon ex-mari ! rétorqua-t-elle, les yeux brillants de colère.

Quand ils étaient ensemble, elle dormait nue parce que porter quoi que ce soit était inutile. Dominick avait tôt fait de tout lui enlever.

— *Futur* ex-mari, corrigea-t-il en se redressant. Je n'ai pas encore décidé si j'allais signer ces papiers ou pas, ajouta-t-il tandis qu'il révisait son jugement sur le pyjama de Kenzie.

En effet, la soie soulignait joliment la courbe de ses seins et il ne lui échappa pas que, sous son regard, ses tétons s'étaient dressés.

Cela signifiait qu'il ne lui était pas indifférent, contrairement à ce qu'elle voulait lui faire croire.

— Tu n'as pas répondu à ma question, reprit Kenzie, évitant son regard. De quoi as-tu parlé avec mon père ?

Il haussa les épaules.

— De tout et de rien, se contenta-t-il de répondre d'un air vague.

En fait, Donald s'était réjoui de savoir que, le lendemain, ses quatre filles seraient mariées.

A son expression, Dominick avait compris pourquoi Kenzie n'avait pas pu se résoudre à annoncer leur séparation à ses parents. Lui-même ne s'était pas senti la force de décevoir Donald en lui avouant la vérité.

— Tu ne m'as pas dit ce que Jerome Carlton valait comme amant, déclara-t-il d'un ton de défi.

Imaginer Kenzie dans les bras d'un autre lui était toujours aussi insupportable. Pis, ça le mettait en rage.

Kenzie le regarda quelques secondes en silence en se demandant si le fait de savoir si elle avait un amant la tourmentait vraiment.

Car, à sa grande déception, son regard brillait davantage de colère que de jalousie. En faisant allusion à Jerome, il ne cherchait qu'à déclencher une nouvelle dispute.

Elle leva la tête d'un air méprisant.

— Pour un homme, parler de sa vie intime ne se fait pas, du moins s'il a quelques manières, et c'est la même chose pour une femme.

Soudain, Dominick bondit de son lit pour la saisir par les épaules.

— Lâche-moi ! En fait, tu te moques bien de savoir si Jerome et moi sommes amants, tu…

— Tu crois ça ?

Elle secoua la tête, et ses cheveux soyeux ondulèrent autour de son visage.

— Pour t'en soucier, il faudrait déjà que tu éprouves des sentiments !

Il reprit son calme mais ne la lâcha pas. Son visage était à quelques centimètres du sien.

— Peut-être que je me demande seulement ce que penseraient tes parents s'ils savaient que leur petite Kenzie trompe son mari.

— Ce n'était pas tout à fait ce que tu disais.

— Espèce de…

Dominick la dominait de sa hauteur. Elle était grande, mais il faisait une bonne dizaine de centimètres de plus qu'elle. Cela rendait d'autant plus impressionnant le contrôle qu'il devait exercer sur lui-même pour ne pas céder à la fureur.

— Tu te moques de savoir ce qui se passe entre

Jerome et moi puisque tu ne crois pas à l'amour, continua-t-elle.

Non, c'est vrai, il n'y croyait pas, reconnut-il. Il n'aurait pas su dire ce qu'il ressentait pour Kenzie à l'instant même. Tout ce qu'il savait, c'était que l'imaginer dans les bras de Carlton le rendait fou.

Depuis leur séparation, il n'avait pas fréquenté d'autres femmes, comme si le départ de Kenzie avait tué tout désir en lui.

Un désir qui s'était violemment réveillé quand il l'avait revue, mercredi soir…

Mais il devrait attendre pour satisfaire son désir. Résigné, il laissa retomber les bras le long de son corps.

— Non, je ne crois pas à l'amour… Maintenant, j'ai besoin d'une douche. Et, je te préviens, moi, je n'ai pas prévu de changer mes habitudes. Alors si tu ne veux pas être choquée, je te conseille de te coucher et de tourner le dos avant que je sorte ! dit-il avant de passer dans la salle de bains et de fermer la porte.

Kenzie regarda cette porte fermée, les larmes aux yeux. Il n'y avait pas d'espoir pour eux. Alors que Dominick ne ressentait que colère et rancœur à son égard, elle éprouvait pour sa part de l'amour, encore et toujours de l'amour…

— Par pitié, reste tranquille et dors ! l'implora Dominick à voix basse dans l'obscurité de la chambre à coucher.

Dans le lit voisin, Kenzie s'immobilisa.

— Désolée, j'ignorais que tu étais réveillé, répondit-elle, mortifiée que son agitation soit si perceptible.

Dominick poussa un long soupir.

— Tu crois peut-être que tout ce qui concerne les

émotions ne m'affecte pas, Kenzie, mais je t'assure que ma mémoire fonctionne très bien.

Que voulait-il dire ?

Qu'il l'imaginait toujours avec Jerome Carlton ?

Ou bien… autre chose ?

— Je n'arrive pas à dormir, se plaignit-elle.

— Oui, ça, je l'aurais deviné ! Hélas, moi non plus. Désolée…

Dominick se redressa et bondit hors du lit.

Seule la lune produisait un peu de lumière dans la pièce, et il ne distinguait que la pâleur du visage de Kenzie et ses cheveux étalés autour d'elle sur l'oreiller.

— Tu veux que je vienne te rejoindre ?

Certainement pas !

En était-elle si sûre ?

Elle ne pouvait pas nier que sa présence la troublait. Partager la même chambre que lui était une torture pour ses sens.

Elle n'aurait pas pensé que ça se passerait ainsi. Bien sûr, elle était toujours amoureuse de lui, il l'attirait physiquement, mais elle avait cru que son manque de confiance en elle aurait raison de son désir.

Hélas, ce n'était pas le cas. Même s'il n'était pas dans le même lit qu'elle, elle percevait son parfum, sa respiration, et même la chaleur de son corps…

— Non, je ne veux pas que tu viennes dans mon lit, répondit-elle sans conviction.

— C'est bien vrai ?

Son ton moqueur l'irrita.

— Oui, j'en suis sûre.

— Tu n'es pas très convaincante.

— Je ne nie pas que la situation est… délicate, dit-elle calmement.

— A quel point ? la pressa-t-il en se levant, révélant sa nudité dans la lueur de la lune.

Kenzie en eut le souffle coupé.

— Ecoute, Dominick, je ne doute pas que nous pourrions faire l'amour, là, maintenant…

— Nous pourrions… ?

— Oui, avoua-t-elle, un peu à contrecœur. Les statistiques montrent que la plupart des couples qui se séparent refont l'amour ensemble au moins une fois avant de divorcer pour de bon. En général, c'est une déception et cela ne fait que renforcer la volonté de chacun de…

— Je me fiche des statistiques ! Tu ne m'as jamais déçue au lit et je ne pense pas t'avoir jamais déçu non plus…

— Une fois encore, tu ne parles que de sexe ! le coupa-t-elle, exaspérée.

Il secoua la tête et tourna quelques secondes en rond avant de s'asseoir au bord de son lit.

— Et parler n'a jamais rien arrangé entre nous, n'est-ce pas ? admit-il avec contrition en tendant la main pour lui caresser doucement la joue. La vérité, c'est que je préférerais te montrer ce que ton départ t'a fait perdre plutôt que d'en parler.

Il se pencha vers elle et l'embrassa.

Kenzie lutta contre le désir qu'elle sentait monter en elle et s'arracha à son baiser.

— Non !

— Si, Kenzie. Tant que nous n'aurons pas évacué la tension sexuelle entre nous, nous ne connaîtrons pas le repos.

— Mais ça ne résoudra rien…

— Ça prouvera que tu as toujours envie de moi ! Car c'est la vérité, n'est-ce pas ? dit-il d'une voix rauque tandis qu'il laissait glisser lentement un doigt sur sa gorge.

Kenzie se sentit incapable de dissimuler qu'un brasier s'éveillait en elle.

— Tu ne cherches qu'à me punir, qu'à te venger de moi parce que j'ai osé te quitter…

— Oh ! non, détrompe-toi, ce n'est pas un petit moment ensemble chez tes parents qui suffira à me calmer, lui assura-t-il. Mais, étant donné les circonstances, je ne serais pas contre une petite récompense. Et tu m'es redevable, tu te souviens ?

Elle ne se souvenait que trop bien. Et elle commençait à avoir une idée de ce qu'il allait lui demander en échange de sa présence.

— Dominick…

— Ce n'est pas le moment, Kenzie, la coupa-t-il en laissant descendre sa main sur ses seins.

Du pouce, il excita ses tétons déjà durcis de désir et captura de nouveau ses lèvres.

Kenzie sentait une chaleur de plus en plus intense monter en elle, elle voulait continuer à résister mais son corps ne lui obéissait plus. Sentir les lèvres de Dominick sur les siennes la faisait fondre et elle ne put résister à l'envie de passer la main dans ses cheveux pour l'attirer à elle et lui rendre son baiser.

Il fit courir ses mains sur son dos pour la presser contre son torse vigoureux, il lui écrasait les seins et continuait à l'embrasser passionnément.

Kenzie émit un long gémissement de plaisir ; Dominick se redressa et, sans cesser de la caresser, déboutonna son haut de pyjama.

Il l'ouvrit complètement et sa bouche abandonna ses lèvres pour prendre possession de ses seins. Le plaisir était si fort qu'elle s'arqua pour s'offrir davantage à ses baisers et ses caresses.

Elle sentait sa virilité presser contre son intimité et un feu de plus en plus ardent se consumer en elle.

Alors, elle l'attira de nouveau à elle puis laissa descendre sa main vers son sexe dressé. Elle savait ce qu'il aimait et comment le satisfaire.

Comme il levait la tête, elle vit ses yeux briller dans l'obscurité.

— Tu veux que je te prenne, Kenzie ? Tu veux me sentir en toi ?

— Oui, oh oui ! gémit-elle, sous l'emprise de la passion.

— A quel point as-tu envie de moi ? insista-t-il en continuant de faire monter son excitation. Dis-le moi…

— Dominick…, gémit-elle.

— A quel point, Kenzie ? répéta-t-il d'un ton légèrement plus dur.

— Dominick, qu'est-ce que tu attends de moi ? geignit-elle, perdue tant le désir qu'il avait éveillé était intense.

— A l'instant ? répliqua-t-il en se redressant pour s'écarter d'elle. Rien du tout. La prochaine fois que je te mettrai dans mon lit, Kenzie — et ne doute pas que cela arrivera —, ce sera quand je le souhaiterai et selon mes conditions. Ce soir, je voulais seulement vérifier si tu étais aussi insensible que tu le prétendais quand tu es partie.

Non, elle ne l'était pas, mais cela ne suffisait pas. Ça ne suffirait jamais.

— Pitié, ne fais pas cela, Dominick… Ne détruis pas le respect que nous avons encore l'un pour l'autre.

Il se leva.

— C'est *toi* qui es partie, Kenzie, ne l'oublie pas !

Oui, elle était partie et, même s'il n'en croirait certainement rien, cela l'avait anéantie.

Comment pouvait-il penser que cela avait été facile pour elle ?

— Tu es partie pour aller te jeter dans les bras de Jerome Carlton, ajouta-t-il, amer.

Jerome Carlton, encore.

Il en revenait toujours à lui.

Kenzie ne savait même pas pourquoi il était tellement persuadé qu'elle avait une aventure avec lui.

Jerome n'avait rien fait de plus que lui proposer un contrat et la réconforter dans l'avion pour les Etats-Unis, alors qu'elle était encore sous le choc de sa brutale séparation d'avec Dominick. Ensuite, il s'était montré bienveillant et attentif, même s'il ignorait la cause de son chagrin.

Mais il ne s'était rien passé entre eux.

Pourtant, Dominick s'obstinait à penser le contraire. Pour lui, l'amitié entre un homme et une femme était impossible. Il ne savait même pas ce qu'était l'amour, alors comment espérer qu'il comprenne ce qu'était l'amitié ?

— Pitié, ne fais pas cela, sinon je vais te haïr, Dominick, l'implora-t-elle.

Il eut un petit rire cynique.

— Pourquoi pas ? Selon l'adage, l'amour et la haine sont très proches. Alors, quoi que tu ressentes, ce sera toujours mieux que la froideur dont tu as fait preuve à mon égard, dans les dernières semaines avant notre séparation. Et toujours mieux que la politesse distante avec laquelle tu m'as traité toute la soirée !

Mais cette politesse, c'était sa protection, songea Kenzie. C'était la seule façon pour elle d'éviter de souffrir davantage.

— Dors un peu, Kenzie, lui conseilla-t-il en se rhabillant.

— Où vas-tu ?

— Je n'en sais rien. Mais ne t'inquiète pas, je ne déserte pas.

Il la regarda et ajouta :

— Je n'aime pas les mariages, mais je respecterai ma part du marché. Alors, le moment venu, tiens-toi prête à remplir la tienne.

6.

Kenzie ne savait pas où Dominick avait passé la nuit. Il n'était pas revenu dans leur chambre.

Elle n'avait pas dormi, trop agitée et perturbée par ce qui s'était passé entre eux.

Au matin, le miroir de la salle de bains fut impitoyable : elle était encore plus pâle que d'habitude et avait les yeux cernés.

Quelle belle demoiselle d'honneur elle allait faire !

Elle n'était pas très impatiente de revoir Dominick, mais elle n'avait pas le choix. Il avait affirmé qu'il resterait et il tenait toujours parole. Il assisterait donc au mariage, ne serait-ce que pour respecter sa part du marché, comme il le disait si bien.

Mais que comptait-il faire exactement pour se venger d'elle ?

Elle avait bien une petite idée, mais oserait-il aller jusqu'à lui faire l'amour tout en sachant qu'au fond d'elle, elle détesterait cela ?

Du moins essayait-elle de s'en convaincre. Car, la nuit dernière, n'avait-elle pas été prête à s'offrir à lui ?

Sa revanche consisterait à lui démontrer que, face à son charme, elle était désarmée. Quand et où envisageait-il de lui faire cette démonstration ? Elle l'ignorait encore.

Lorsqu'elle descendit, elle découvrit Dominick dans

la cuisine, en compagnie de sa mère, et eut du mal à faire le lien avec l'homme revanchard et vindicatif de la veille. Tout sourires, il essayait le nœud papillon qu'il était censé porter pendant la cérémonie.

L'entendre plaisanter et voir sa mère rire à ses propos était éprouvant alors que, la nuit précédente, elle avait dû affronter un homme froid et arrogant.

Elle resta à l'entrée de la pièce à les observer. Se rendait-il compte à quel point il paraissait à l'aise, détendu ? Sans doute que non…

Il ne baissait pas souvent la garde. Et il lui avait bien fait comprendre qu'avec elle, ça n'arriverait jamais.

Mais, à l'instant, était-il naturel ou jouait-il un rôle ? Etait-ce une façon de lui prouver qu'il respectait leur accord ?

Elle penchait pour cette hypothèse.

— Je vous dérange ? intervint-elle finalement en s'approchant.

Dominick cessa de rire et tourna un regard interrogateur vers elle, ce qui lui confirma que son attitude n'était qu'une façade.

Sa mère continua à sourire.

— Dominick et moi étions seulement en train de nous dire qu'il ressemblait aux strip-teaseurs qui arrivent sur scène en costume et terminent avec leur seul nœud papillon.

Kenzie évita le regard de Dominick et haussa les sourcils.

— Et à quelle occasion as-tu vu des strip-teaseurs, maman ?

— Aucune, hélas ! répondit sa mère avec un soupir de déception.

— Maman, voyons ! la gronda Kenzie avec un rire affectueux.

Nancy Miller secoua la tête.

— Voilà le problème avec vous, les jeunes. Vous êtes persuadés d'être les premiers à avoir découvert la nudité.

— Ah non ! Je ne me compte pas dans le lot, intervint Dominick, qui se laissait gagner malgré lui par l'ambiance joyeuse qui régnait dans la maison à la perspective du mariage. Il est évident que Donald et vous l'avez découverte au minimum quatre fois…

Nancy rougit.

— Bien joué ! répliqua-t-elle en souriant. Kenzie, je dois appeler le fleuriste, alors je vous laisse, Dominick et toi, prendre le petit déjeuner tout seuls. Et n'oublie pas que nous devons partir chez le coiffeur dans une demi-heure, ajouta-t-elle avant de quitter la pièce pour aller passer son coup de téléphone.

Une fois seul avec elle, Dominick commença à détacher son nœud papillon en observant Kenzie.

Avec son jean, son T-shirt vert assorti à ses yeux et ses cheveux attachés, elle avait l'air d'avoir seize ans.

Elle releva la tête et croisa son regard. Dans ses yeux, il perçut le souvenir de ce qui s'était passé la nuit précédente.

Ce même souvenir l'avait hanté toute la nuit, qu'il avait passée dans la cuisine à boire du café. Une part de lui avait eu envie de remonter à l'étage pour terminer ce qu'ils avaient commencé, une autre savait que ce n'était ni le lieu ni le moment. Ce qui se passerait à l'avenir entre eux se ferait selon ses conditions. Il ne pouvait en être autrement.

Mais, d'ici là, il devait s'appliquer à jouer au mari idéal pour qu'elle ne puisse rien lui reprocher et, au contraire, lui soit encore plus redevable.

— Je crois que ta mère a parlé de petit déjeuner,

intervint-il, davantage pour briser le silence que par appétit.

Cependant, avec tout le café qu'il avait ingurgité, manger était sans doute raisonnable.

Kenzie poussa un soupir. Elle avait espéré l'entendre parler d'autre chose que du petit déjeuner, même si évoquer la nuit précédente n'était pas une bonne idée non plus…

— Oui, bien sûr, dit-elle en se dirigeant vers les étagères. Toasts ? Céréales ? Les deux ?

— Des céréales, ce sera très bien. Que comptes-tu faire avec tes cheveux ? s'enquit-il tandis qu'il sortait une bouteille de lait du réfrigérateur.

— Une coiffure tressée avec des fleurs, répondit-elle distraitement avant de déposer deux paquets de céréales sur la table. Dominick…

— Je n'aurais pas cru qu'un mariage requérait autant d'organisation…

Il posa les yeux sur les deux paquets de céréales et ne put s'empêcher de sourire.

— Ah, j'ai le choix : flocons d'avoine ou flocons d'avoine…

— Désolée, dit-elle en faisant la moue. Avec ce mariage, j'ai la tête ailleurs.

— C'est normal, commenta-t-il en se servant du lait.

Ils étaient obligés de s'en tenir aux banalités, incapables d'avoir une conversation de fond, songea Kenzie avec amertume en se rappelant qu'un peu plus tôt, avec sa mère, Dominick était beaucoup plus à l'aise.

— Tout cela t'a manqué, n'est-ce pas ? dit-il soudain, songeur.

Kenzie battit des paupières et le regarda d'un air interrogateur.

— Quoi, la maison ? Mais cela fait des années que je me suis installée à Londres…

— Non, je ne parle pas de la vie ici, Kenzie. Mais n'aurais-tu pas aimé avoir un mariage semblable à celui d'aujourd'hui, avec une cérémonie à l'église et ta famille autour de toi, plutôt que de filer à Las Vegas comme nous l'avons fait ?

— Eh bien… oui, ça ne m'aurait pas déplu, avoua-t-elle. Mais ce n'était pas ce que tu voulais, alors…

— Je ne faisais pas allusion à mes souhaits.

Kenzie évita son regard perçant.

— Je ne vois pas l'intérêt de discuter de cela maintenant, répliqua-t-elle d'un ton las.

— Pourquoi ? insista-t-il. Carlton t'a-t-il déjà promis un mariage en robe blanche ?

A cette provocation, Kenzie poussa un soupir de lassitude.

— Même s'il m'aimait, ce qui n'est pas le cas, je n'ai pas l'intention d'épouser Jerome Carlton. Ni aucun autre homme, d'ailleurs. Crois-moi, Dominick, poursuivit-elle en se levant, une fois que notre divorce aura été prononcé, il se passera du temps avant que je ne songe de nouveau à me marier !

Dominick lui agrippa le bras.

— Ce sentiment est réciproque, je peux te l'assurer !

— Ecoute, Dominick, il ne nous reste qu'une douzaine d'heures à passer ensemble. Pouvons-nous essayer de nous montrer aimables jusqu'à ce que ce soit terminé ?

— Oh ! mais il me semble que je me montre extrêmement aimable !

Hélas, il ne l'était que par intérêt, songea Kenzie, le cœur lourd. En le quittant, elle avait blessé son orgueil, et ça, il le lui ferait payer toute sa vie.

Elle avait été idiote de retomber sous sa coupe. Elle lui avait offert sur un plateau l'occasion de se venger d'elle. Même l'expression radieuse de son père, la veille, ne valait pas ce prix-là…

Elle chercha à dégager son bras mais il resserra son étreinte.

— Dominick, tu me fais mal !

Il lui retourna un sourire crispé.

— Tu ne sais même pas ce que cela veut dire, rétorqua-t-il avant de la lâcher.

— Certainement plus que tu ne le penses ! Si tu souhaites présenter tes excuses à mes parents et repartir dès ce soir pour Londres au lieu de demain matin, je suis sûr qu'ils comprendront. Moi, je prendrai le train. Comme ça, tu pourras retourner plus vite à ta vie d'avant…

Dominick songea qu'elle avait véritablement envie qu'il s'en aille.

Qu'il quitte la maison de sa famille.

Qu'il sorte de sa vie.

Ces quatre derniers mois, il s'était convaincu que c'était mieux qu'ils ne soient plus ensemble, qu'il n'aurait jamais dû l'épouser et que son départ ne faisait que confirmer tout le mal qu'il pensait du mariage.

Pourtant, la voir s'en aller et se découvrir impuissant à la retenir avait été la plus terrible épreuve de sa vie. Certes, jamais il n'avait envisagé de l'implorer de rester. Mais après neuf mois de mariage, se retrouver seul, manger et dormir seul, avait été plus difficile qu'il l'aurait cru.

Pendant des semaines, il avait été furieux contre tout et tout le monde, contre Kenzie et Jerome Carlton bien sûr, mais plus encore contre lui-même. Car il était conscient qu'il avait toujours envie d'elle.

Mais il s'était dit qu'ayant vécu seul auparavant, il survivrait au départ de Kenzie.

Et, en effet, il avait survécu. Du moins si on appelait survivre le fait de continuer à se lever le matin pour aller travailler…

Désormais, Kenzie était de retour dans sa vie. Provisoirement, certes, mais de retour quand même. Et il avait bien l'intention d'assouvir le désir qu'il ressentait pour elle.

Il lui adressa un sourire suave.

— Je ne vais nulle part, Kenzie. Et nous repartirons demain, comme prévu.

Elle s'était doutée de sa réponse.

— Bien. Maintenant, excuse-moi, je dois me préparer pour partir chez le coiffeur.

Elle quitta la pièce sans un regard pour lui. Elle détestait le mal qu'ils se faisaient l'un à l'autre, mais elle ne voyait pas comment briser ce cercle vicieux.

Au contraire, si elle avait vu juste sur les intentions de Dominick, les choses ne feraient qu'empirer…

7.

Assise à côté de lui pendant la réception, Kenzie était tendue comme un arc, nota Dominick. Le repas était terminé, les discours tiraient à leur fin, mais à aucun moment elle ne s'était détendue.

Qu'avait-elle attendu de lui ? Que, pendant la cérémonie religieuse, il se lève et clame que le mariage, c'était du vent ?

Après s'être appliqué à faire bonne figure pendant plus de vingt-quatre heures, ç'aurait été un comble, et Kenzie aurait dû savoir qu'il détestait par-dessus tout perdre son temps.

Il s'était préparé à jouer son rôle du mieux possible et s'était montré charmant avec tous les membres de la famille que lui avait présentés Nancy.

En revanche, il n'avait pas été préparé à voir Kenzie remonter l'allée de l'église à côté de Kathy dans une longue robe verte, avec des fleurs dans les cheveux. A cet instant, elle lui avait réellement fait penser à une princesse de conte de fées.

Cette vision l'avait remué, il devait bien le reconnaître, mais il s'était vite repris. Tout comme lui, Kenzie jouait un rôle et elle n'était pas plus une princesse que lui le prince charmant !

— Oh ! regarde, murmura Kenzie avec un sourire, les yeux brillants. Kathy et Derek vont ouvrir le bal.

Le bal ?

Oui, évidemment, dans tout mariage, il fallait danser, se rappela-t-il.

Avait-il déjà dansé avec Kenzie ?

Non, pas qu'il se souvienne…

— Nous les rejoignons ?

Kenzie détourna les yeux de sa sœur et de son tout nouveau mari pour le regarder, alors qu'il s'était déjà levé et se tenait à côté de sa chaise. Il avait une expression indéchiffrable. Il lui tendit la main.

— Je crois que c'est ce qu'on attend de nous, insista-t-il, remarquant que les parents de Kenzie ainsi que ses sœurs et leurs maris étaient déjà sur la piste.

Il avait raison, reconnut Kenzie à contrecœur. Elle était demoiselle d'honneur et Dominick était son mari.

— Les gens commencent à nous regarder, Kenzie, lui chuchota Dominick comme elle ne bougeait toujours pas.

— Oui… Pardon, dit-elle en acceptant sa main.

Il la conduisit sur la piste et, quand il posa la main sur ses reins pour la serrer tout contre lui, elle eut le souffle coupé.

Alors qu'ils commençaient à évoluer au rythme de la musique, son cœur se mit à battre la chamade. La chaleur du corps de Dominick l'enveloppait, elle sentait sa respiration sur sa joue. Elle était dans tous ses états.

Dominick dansait avec grâce, ses mouvements étaient très fluides. Décidément, il faisait tout très bien. Il menait très bien ses affaires, c'était un bon danseur, il faisait très bien l'amour…

Cette dernière réflexion la fit tressaillir. Malgré tous les événements de la journée, le souvenir de la nuit précédente ne l'avait pas quittée et être dans ses bras ne faisait que raviver son désir.

— Attention, suis bien le rythme, lui dit Dominick en resserrant son étreinte.

Il était totalement concentré sur elle, comme si les autres danseurs et les invités qui les regardaient n'existaient pas.

Il avait tout oublié, pour lui, seule Kenzie comptait. Avec ses talons hauts, elle était presque aussi grande que lui, sa robe virevoltait et lui donnait la sensation qu'elle flottait au-dessus du sol. Encore une fois, elle lui faisait penser à une princesse. Sauf qu'elle était toujours aussi crispée.

— Par tous les diables, détends-toi, Kenzie ! Si c'est ce qui te fait peur, n'aie crainte, je ne vais pas te violer au milieu de la piste de danse !

Elle croisa son regard. Dans la pâleur de son visage, ses yeux étaient deux immenses lacs vert émeraude.

— Je n'ai jamais cru que tu en serais capable, rétorqua-t-elle sèchement.

— Tu en es sûre ?

— Oui ! Je... La danse est terminée, dit-elle soudain en s'écartant de lui avec un soulagement palpable pour applaudir sa sœur et son mari.

Devant le bonheur de Kathy, le visage de Kenzie rayonna de nouveau.

Dominick garda les yeux fixés sur elle. Il détailla la forme de ses sourcils, ses yeux brillants, ses longs cils délicats, la petite fossette sur sa joue et ses lèvres pleines, pulpeuses, si délicieuses.

Elle était magnifique.

Kenzie était la plus belle femme qu'il ait jamais vue.

Sa femme.

Enfin, plus vraiment...

En tout cas, ce n'était pas encore la femme d'un autre. Et elle lui était toujours redevable.

— Merci encore pour tout ce que tu as fait ce week-end, déclara Kenzie à Dominick le lendemain matin en sortant de sa voiture, qu'il avait garée devant chez elle.

Elle était extrêmement soulagée que ce soit terminé pour pouvoir échapper à son emprise.

Une fois encore, la nuit précédente, elle avait mal dormi. Dominick, en revanche, n'avait pas paru avoir les mêmes soucis, car elle avait entendu sa respiration calme et régulière peu de temps après qu'il eut posé la tête sur l'oreiller.

Elle pensait que seuls les innocents pouvaient dormir ainsi.

Il sortit de voiture et la contourna, son sac à la main.

— Je vais le porter jusqu'à chez toi, lui proposa-t-il.

— Non, c'est inutile, je peux le porter moi-même.

— Je n'en doute pas, répliqua-t-il avec un sourire, mais nous devons finir de discuter les termes de notre accord.

Kenzie redressa les épaules et le fixa droit dans les yeux.

— Ce n'est pas le moment, je ne suis pas d'humeur, Dominick.

— Pas d'humeur pour quoi ?

— Pour entendre ce que tu as en tête ! répliqua-t-elle, furieuse.

Dominick sourit, mais son regard s'assombrit.

— Pour l'instant, je souhaite simplement porter ton sac et boire un café. Si jamais j'ai autre chose en tête, je te le ferai savoir.

Kenzie ne voulait toujours pas le laisser monter chez elle. Elle n'avait rien à cacher mais elle n'avait pas envie qu'il envahisse l'espace qu'elle s'était créé après l'avoir quitté. Ce nouvel appartement symbolisait sa vie sans lui et elle désirait qu'il en reste ainsi.

— Kenzie, ne t'ai-je pas prouvé récemment que je savais contrôler mes pulsions, même quand j'étais seul avec toi ?

Elle s'empourpra de fureur.

— Ecoute, Dominick, tu n'as fait que jouer avec moi…

— Oh ! non, ma chère Kenzie, je t'assure que je n'ai pas encore commencé à m'amuser avec toi. Par ailleurs, c'est vraiment important que nous discutions de ce que tu vas m'offrir en échange de ma présence à tes côtés ce week-end.

— T'offrir ? répéta-t-elle, inquiète.

— M'offrir, répéta-t-il à son tour. Ne prends pas un air aussi soucieux, ça va finir par te donner des rides. Qu'en dirait Carlton Cosmetics, et plus précisément Jerome Carlton ?

Carlton Cosmetics et Jerome étaient à mille lieues de ses préoccupations. Elle était beaucoup plus préoccupée par ce qu'il comptait exiger d'elle.

— Si tu veux monter pour discuter, ne perdons pas de temps, dit-elle en lui prenant son sac des mains.

Dominick la regarda s'éloigner et admira le balancement de ses hanches et la façon dont ses cheveux ondulaient dans son dos.

Cette femme si sensuelle allait de nouveau être à lui, mais elle ne le savait pas encore.

Quand il pénétra dans l'ascenseur, qu'elle avait retenu pour lui, il souriait. Et son sourire s'élargit quand il remarqua sa contrariété grandissante. C'était beaucoup plus facile d'affronter une Kenzie en colère qu'une Kenzie indifférente et distante.

— Je t'en prie, entre, l'invita-t-elle sans chaleur après avoir ouvert la porte.

Il prit tout son temps pour passer en revue les lieux,

intrigué. L'appartement était tout en teintes nuancées, et des gravures du XIXe siècle représentant des hommes en redingote et des femmes en crinoline et chapeau décoraient les murs.

En comparaison, son appartement à lui, qu'il avait partagé avec Kenzie, était très moderne, avec mobilier design et tableaux originaux d'artistes contemporains en vogue.

Il n'avait jamais eu conscience qu'elle avait des goûts aussi différents des siens.

Mais, après avoir passé un week-end chez ses parents, il comprenait qu'elle était restée très marquée par sa jeunesse à la campagne.

— C'est sympa, chez toi, commenta-t-il en adressant un petit signe appréciateur à Kenzie.

Elle était sur ses gardes et semblait redouter qu'à tout moment il se jette sur elle, songea-t-il.

Eh bien, elle allait être déçue !

Il comptait prendre son temps avant d'exiger sa rétribution, histoire de la faire souffrir un peu, comme lui-même avait souffert en l'imaginant dans le lit de Jerome Carlton.

Kenzie répondit d'un petit signe de tête impatient pour lui faire comprendre qu'elle se moquait de savoir ce qu'il pensait de son appartement.

— Dis ce que tu as à dire, et ensuite, va-t'en ! lui lança-t-elle avec un regard hostile.

Il resta impassible et se laissa tomber dans un confortable fauteuil.

— Tu es un peu rude, Kenzie. Je t'ai dit qu'un café ne me ferait pas de mal.

— Mais bien sûr, je suis à ton service !

Son indignation le ravissait au plus haut point. Il continua de sourire et précisa :

— Noir, le café, si possible.

— Tu as la gueule de bois, peut-être ? rétorqua-t-elle d'un ton acerbe.

— Non, pas du tout. A la réception, je n'ai bu qu'une seule coupe de champagne. Mais, d'expérience, tu devrais savoir que j'aime le café noir.

Lui faire un café lui permettrait de disparaître quelques minutes dans la cuisine, ce qui lui donnerait un peu de répit. Mais combien de temps allait-il rester chez elle ?

Il ne lui avait toujours pas dit ce qu'il voulait et, tant qu'il ne l'aurait pas fait, il ne partirait pas.

Elle était certaine qu'il s'amusait énormément. Depuis le début de la matinée, il souriait et arborait un air satisfait.

Loin de sa famille, c'était beaucoup plus difficile pour elle de le tenir à l'écart.

Qu'il aille au diable !

Kenzie quitta la pièce et Dominick se carra dans le fauteuil et s'étira pour se détendre. La nuit précédente, il avait fait semblant de dormir mais, en vérité, il était resté éveillé.

A ressasser ses plans.

A savourer d'avance sa vengeance.

Il n'allait certainement pas se précipiter alors que songer aux événements à venir lui donnait autant de plaisir.

— Voilà ! lança Kenzie avec froideur quand elle revint avec une tasse de café.

— Merci infiniment, répondit-il avec une politesse exagérée. Et toi, tu n'en prends pas ? ajouta-t-il alors qu'elle s'installait sur la chaise en face de lui et l'observait d'un air maussade.

— Dis-moi ce que tu veux, Dominick, et arrête de jouer.

— Maintenant que j'ai respecté ma part du contrat, tu ne te donnes même plus la peine de te montrer sympathique ! répliqua-t-il sur un ton de reproche.

Elle voulut répondre mais se ravisa, car il y avait un fond de vérité dans sa remarque.

C'est lui cependant qui avait transformé cette histoire en marché, et ce, *après* lui avoir donné son accord pour l'accompagner au mariage de sa sœur !

Oui, mais…

Il n'y avait pas de mais. Elle lui avait demandé une faveur, il l'avait acceptée, et ce n'était finalement pas étonnant qu'il attende quelque chose en retour.

— Désolée, marmonna-t-elle, un peu contrite. Alors qu'attends-tu de moi, Dominick ?

— Bien, soyons clairs, dit-il en posant sa tasse avant de la fixer droit dans les yeux. Je n'ai jamais forcé une femme à coucher avec moi.

Il n'en avait jamais eu besoin, songea-t-elle. Elle savait qu'avant leur rencontre il collectionnait les conquêtes et que, chaque fois, c'était lui qui mettait un terme à ces liaisons éphémères. Sans doute était-elle la première femme à l'avoir quitté. Ce qui, bien sûr, expliquait sa colère.

Mais ils ne pouvaient pas… Elle ne pouvait pas…

Coucher avec lui, comme ça, parce qu'il l'aurait exigé, allait à l'encontre de tous ses principes.

Elle s'évertua à rester calme en inspirant lentement et soutint son regard.

Après tout, il venait d'affirmer que jamais il ne contraindrait une femme à se donner à lui. Elle devait donc seulement s'assurer qu'elle n'en aurait jamais envie…

Dominick se leva d'un bond et se mit à détailler le contenu des bibliothèques.

— Apparemment, tu aimes beaucoup lire, dit-il en désignant les ouvrages bien rangés.

— Oui, acquiesça-t-elle, déstabilisée par ce changement de sujet.

— Eh bien, moi aussi. D'ailleurs, j'ai lu la plupart de ces titres.

Le regard de Kenzie s'agrandit de surprise.

— Quand nous étions ensemble, je ne t'ai jamais vu lire autre chose que des contrats ou les pages économie des journaux !

Il haussa les épaules.

— Ce doit être parce que, quand nous étions ensemble, nous avions toujours mieux à faire que lire.

Comme faire l'amour, par exemple…

Apprendre maintenant que l'homme dont elle avait partagé la vie avait le même goût qu'elle pour la lecture était vraiment étrange.

Quels autres aspects de sa personnalité avait-elle ignorés durant les neuf mois de leur mariage ? Quand ils n'étaient pas pris par leurs activités professionnelles, ils ne pensaient qu'à être ensemble…

Dominick perçut l'étonnement et le trouble dans son regard et songea qu'il en avait assez fait pour aujourd'hui. Laisser l'autre intrigué et désireux d'en savoir plus était un bon moyen de parvenir à ses fins…

Et, avec Kenzie, il était déterminé à atteindre son but. Il voulait non seulement qu'elle revienne dans son lit, mais qu'elle y revienne de son plein gré. Ça, c'était le plus important.

— Es-tu libre le week-end prochain ? lui demanda-t-il en se dirigeant vers la porte.

— Je… Oui, je pense, répondit-elle, troublée par sa question.

Dominick ouvrit la porte puis se retourna.

— Alors réserve-le.

— Pourquoi ? s'enquit-elle en se levant pour le rejoindre à la porte.

Il secoua la tête d'un air énigmatique.

— J'ai quelques détails à régler avant de pouvoir tout t'expliquer. Peut-être pourrions-nous dîner ensemble dans la semaine…

— Dîner ensemble ? répéta-t-elle, abasourdie. Dominick, je n'ai pas envie de sortir avec toi !

— … pour en reparler, termina-t-il, sans tenir compte de son intervention.

— Mais…

— Tout comme la semaine dernière quand tu as souhaité me rencontrer pour me demander de t'accompagner au mariage de ta sœur.

— Oh ! mais oui, bien sûr.

— Sauf que, cette fois, j'aimerais que nous mangions bel et bien quelque chose, ajouta-t-il sur le ton de la plaisanterie.

— Dans ce cas, ne m'emmène pas chez Rimini, ça me rappelle trop la période où nous étions mariés.

La période où ils étaient mariés ?

Mais enfin, ils l'étaient toujours !

Cependant, si cela pouvait contribuer à la faire se détendre, il voulait bien dîner ailleurs. Quelque part où ils n'étaient jamais allés, peut-être.

— Ça te rappelle peut-être aussi tes soirées avec Jerome Carlton ? lui lança-t-il comme cette pensée le traversait.

Kenzie secoua la tête d'un air irrité.

— Tu sais, Dominick, un jour, il va bien falloir que

tu m'écoutes quand je t'affirme qu'il n'y a jamais rien eu entre Jerome et moi.

— Oh ! mais je t'écoute, Kenzie. Sauf qu'il se trouve que je sais que tu mens.

Juste avant leur rupture, puis quand elle était partie aux Etats-Unis, elle avait passé beaucoup de temps avec Jerome Carlton et elle voulait bien accepter que cela ait pu éveiller quelques soupçons.

En revanche, elle n'avait jamais compris et ne comprenait toujours pas son refus de la croire quand elle lui avait juré qu'il ne s'était rien passé entre Jerome et elle.

A l'instant, à son regard, elle devinait qu'elle n'avait toujours pas ébranlé sa conviction.

— Bien, tu me tiens au courant pour ce dîner, d'accord ? dit-elle, sa seule envie étant qu'il s'en aille au plus vite.

— Mais oui, Kenzie, je te tiens au courant.

Elle était très pâle, elle avait les yeux fatigués et il savait qu'il en était responsable.

Et ça ne faisait que commencer.

8.

— Ecoute, c'est clair, Dominick, je refuse de te laisser jouer avec moi plus longtemps !

Occupé à contempler la vue sur Londres par la baie vitrée de son bureau, Dominick fit lentement tourner son fauteuil pour se retrouver face au visage embrasé de fureur de Kenzie.

Il remarqua sa secrétaire dans l'encadrement de la porte et lui adressa un petit signe de tête.

— Merci, Stella, dit-il pour lui faire comprendre qu'il n'avait pas besoin d'elle.

— Amusez-vous bien, glissa la secrétaire avant de quitter la pièce et fermer la porte derrière elle.

Dominick porta de nouveau son attention sur Kenzie.

— Tu disais ?

Elle le fusilla du regard. Que n'aurait-elle pas donné pour effacer l'expression de suffisance de son visage !

— J'ai dit que j'en avais assez que…

— Oui, ça, j'avais compris, la coupa-t-il en se laissant retomber au fond de son fauteuil en cuir. Mais tu en as assez de quoi ?

— J'en ai assez que tu joues avec moi, répéta Kenzie, exaspérée par son arrogance.

— Ça aussi j'avais compris, mais…

— Comment oses-tu exiger que Stella m'appelle pour me demander de te retrouver chez Tonio ce soir à 20 heures ? le coupa-t-elle à son tour, sachant qu'il était ravi de la voir dans une telle colère.

— Ah…, fit Dominick d'un air faussement ennuyé. 20 heures, c'est trop tôt pour toi ? Ou trop tard, peut-être ?

Kenzie plissa les yeux.

— Ne te moque pas de moi ! Je ne supporte pas que tu claques des doigts pour me convoquer quand bon te semble.

— Ah bon ?

— Et je te rappelle que, moi aussi, je travaille. D'ailleurs, ce soir, je suis prise.

Même si elle avait été libre, son attitude autoritaire l'aurait poussée à refuser ce rendez-vous.

Dominick l'observa en silence pendant plusieurs secondes. Il appréciait bien plus la Kenzie qui laissait éclater sa colère que celle du week-end dernier, qui s'efforçait de contrôler toutes ses émotions.

D'autant que sa colère ne changerait rien à l'issue de cette entrevue. Elle ne faisait que rajouter un peu de piquant.

— Pourquoi n'as-tu pas dit tout cela à Stella quand elle t'a appelée ? On peut reporter à demain soir, si tu préfères. Ça ne changera rien à ce que j'ai en tête.

Seul l'endroit où ils se trouvaient à l'instant ne convenait pas à ses plans, songea-t-il avec amusement. Et pourtant, avec ses cheveux libres qui tombaient en cascade sur ses épaules, ses yeux verts flamboyants, Kenzie était si belle ! Son chemisier et son pantalon noir étroit soulignaient la perfection de ses courbes et il aurait voulu la prendre là, maintenant, sur son bureau, jusqu'à ce qu'elle demande grâce.

Mais cela ne cadrait pas avec ses projets, dut-il reconnaître pour calmer ses ardeurs.

Kenzie parut se détendre légèrement.

— Et qu'est-ce que tu as en tête ? lui demanda-t-elle en continuant à l'observer avec soupçon.

Il sourit.

— Dans un premier temps, je souhaite dîner et bavarder avec toi, dit-il d'un air nonchalant. A moins que tu n'aies une autre suggestion pour agrémenter la soirée ?

L'éclat de colère réapparut dans ses yeux émeraude.

— Je t'ai déjà dit que j'en avais assez de tes petits jeux. Et puisque je suis là et que j'ai un peu de temps pour parler, je ne vois pas pourquoi nous devrions à tout prix dîner ensemble.

« Remarque pertinente », admit-il. Mais, s'il cédait, il laisserait Kenzie reprendre le contrôle de la situation, ce qu'il voulait à tout prix éviter.

En acceptant de l'épouser, il avait déjà lâché une fois les rênes de son existence et il n'avait pas l'intention de recommencer.

— Mes projets ne sont pas encore complètement arrêtés, expliqua-t-il. Mais j'espère que, ce soir, ce sera le cas.

Kenzie n'avait cessé d'émettre des hypothèses sur ce qu'il allait exiger. Ses commentaires lui avaient laissé comprendre qu'il avait l'intention de la convaincre de faire l'amour avec lui mais, en dehors de cela, elle n'en savait pas davantage.

Mais cette simple pensée avait suffi à l'inquiéter et, quand Stella l'avait appelée, elle avait décidé que le jeu n'avait que trop duré.

C'est pourquoi elle avait pris l'initiative de se rendre à son bureau.

Mais, une fois encore, elle n'était pas plus avancée.

— As-tu réservé ton week-end, comme je te l'avais demandé ?

— Comme tu me l'avais ordonné, plutôt, corrigea-t-elle. Mais je n'irai nulle part avec toi tant que tu ne m'auras pas dit où tu comptes m'emmener et pourquoi.

Dominick posa les coudes sur son bureau, se prit le visage entre les mains et l'observa à travers ses paupières plissées. Elle soutint son regard sans ciller.

— Maintenant que ta sœur est mariée, tu n'es plus aussi déterminée à respecter notre marché, dit-il sèchement.

Kenzie haussa les épaules.

— Peut-être pas, en effet.

Il prit une expression sévère.

— Eh bien, peut-être que demain j'irai rendre visite à tes parents pour leur expliquer que, le week-end dernier, nous avons joué la comédie.

Kenzie le dévisagea et ne vit qu'une froide détermination sur ses traits.

— Je ne doute pas que tu en serais capable, admit-elle avec fatalisme en se laissant tomber sur la première chaise venue.

Depuis qu'il était parti de chez elle, trois jours plus tôt, elle s'était convaincue qu'il ne pourrait pas la forcer à faire quoi que ce soit.

Mais, dans ses réflexions, elle avait oublié combien il pouvait se montrer résolu quand la situation l'exigeait…

— Tu sais que j'en suis capable, confirma-t-il. Mais quelle est la véritable raison de ta présence ici aujourd'hui ? s'enquit-il, intrigué et de plus en plus persuadé qu'elle n'était pas venue seulement parce que le coup de téléphone de Stella l'avait irritée.

Elle lui retourna un regard troublé, comme prise en faute.

— Je t'ai expliqué que…

— Je t'ai entendue, la coupa-t-il en se levant pour contourner son bureau et venir se poster à côté d'elle. Pourquoi ? insista-t-il en lui posant deux doigts sous le menton pour lui faire lever la tête.

Elle tenta de se libérer mais il ne se laissa pas faire.

— Je t'ai dit que j'en avais assez que tu joues avec moi…

— Et tu m'as également affirmé que, ce soir, tu étais prise. Oserais-je deviner qui tu dois voir ?

Kenzie fronça les sourcils et se demanda comment il pouvait savoir.

— Comment sais-tu que Jerome doit venir en Angleterre ? lui demanda-t-elle, car elle était persuadée qu'il était déjà au courant. Elle le lisait dans son regard.

Quand, la veille, Jerome l'avait appelée pour lui annoncer qu'il venait à Londres et souhaitait la voir pour qu'ils discutent des prochains engagements qu'elle devait honorer, elle avait été contrariée. Mais comme c'était son employeur, elle pouvait difficilement refuser de le rencontrer.

En revanche, le coup de téléphone de Stella plus tôt dans la matinée n'aurait pas pu survenir à un pire moment.

Dominick pinça les lèvres.

— Je ne le savais pas, j'ai juste eu de la chance, prétendit-il avant de la lâcher pour retourner derrière son bureau. Et tu nies toujours que Carlton et toi êtes ensemble ?

— Bien sûr ! rétorqua Kenzie. Jerome vient à Londres pour affaires, et le fait que je dîne avec lui ce soir n'est qu'une coïncidence.

Il l'observa en silence et se demanda comment une

femme aussi belle et à l'air aussi innocent pouvait se montrer aussi fourbe.

— Vraiment ?

— Oui, vraiment. Mais je ne m'attends pas à ce que tu me croies. En fait, tu sembles prendre plaisir à ne pas me croire.

— Non, je n'y prends aucun plaisir, Kenzie, commenta-t-il, amer. Je croyais qu'entre nous il y avait un minimum de franchise. Mais je me trompais.

Elle lui avait menti et l'avait trompé avec Jerome Carlton, qui lui-même avait pris grand plaisir à ne pas lui dissimuler la nature de ses relations avec Kenzie. Tous deux s'étaient moqués de lui et il ne pouvait pas en rester là.

Il était si dur, si implacable, songea Kenzie en observant son expression inflexible. Avait-il toujours été ainsi ? Peut-être. Mais, avant, cette dureté n'était pas dirigée contre elle. Désormais, elle en faisait les frais.

— Je ne pense pas qu'il soit utile de discuter du passé.

— Je suis d'accord, répliqua-t-il. Alors oublions le dîner de ce soir et parlons de nos arrangements dès maintenant. Je passerai te prendre chez toi samedi à 15 heures. Prépare-toi à être absente jusqu'au dimanche soir.

Kenzie fronça les sourcils.

— Mais, je n'ai pas… Où allons-nous, exactement ?

Il haussa les épaules.

— Je ne pense pas que tu aies besoin de le savoir…

— Oh que si ! lui affirma-t-elle avec véhémence.

Il haussa les sourcils.

— Tu as peur que je cache ton corps dans un endroit où personne ne pourra le retrouver ? rétorqua-t-il avec ironie.

Kenzie se leva, excédée.

— Tu es ridicule, alors…

— Tu trouves ? Tu n'as pas encore compris qu'on ne peut pas me tromper sans avoir à me rendre des comptes ?

— Dominick, ça fait quatre mois…

— Je sais combien de temps ça fait, la coupa-t-il d'un ton sombre.

Kenzie le regarda, dépitée. Que n'aurait-elle pas donné pour que, ne serait-ce qu'un instant, il se montre un peu plus doux, un peu plus indulgent, comme quand ils étaient mariés — et comme le week-end précédent, chez ses parents, même s'il n'avait fait que jouer un rôle.

Toutefois, il lui avait donné deux jours de son temps, elle lui devait deux jours en retour…

— Quel type de vêtements dois-je emporter ?

Il haussa les épaules.

— Une tenue adaptée pour un samedi soir, un maillot de bain — ou pas, plaisanta-t-il en la détaillant délibérément de la tête aux pieds.

Kenzie resta indifférente à son regard. Intérieurement, cependant, elle se demandait bien où il comptait l'emmener et cela la rendait nerveuse.

— Dominick, je sais que tu m'as accompagnée le week-end dernier mais, sincèrement, je doute d'être prête à passer une soirée avec des relations d'affaires à toi.

— N'aie crainte, Kenzie, je t'assure que nous ne serons que tous les deux.

Cette précision la perturba davantage. Mais, à son regard, elle comprit qu'il ne lui en dirait pas plus.

— Très bien, si c'est ce que tu veux…

— Oui, c'est ce que je veux.

— Alors maintenant je vais te laisser à ton… travail, dit-elle d'un ton acide, consciente qu'à son arrivée, il n'était pas du tout en train de travailler.

— Et moi je te laisse au tien, rétorqua-t-il. Oh ! Au fait, Kenzie, appela-t-il alors qu'elle était déjà à la porte.

Elle se retourna avec réticence.

— Oui ?

— Passe une bonne soirée.

Elle l'observa de longues secondes mais, encore une fois, il fit en sorte qu'elle ne puisse rien lire sur son visage.

— Samedi, 15 heures, dit-elle finalement avant de s'en aller.

Quand elle fut sortie, il poussa un long soupir.

Cela faisait quatre mois qu'elle l'avait quitté, lui avait-elle rappelé.

Quatre mois qu'il avait mis à profit pour peaufiner sa revanche contre son amant et elle. Désormais, le dénouement était proche et, bientôt, tout serait terminé.

Il allait savourer chaque instant du prochain week-end, se délecter du plaisir de voir petit à petit Kenzie céder et revenir dans ses bras. Et le plaisir serait complet quand, le lendemain, elle retournerait auprès de son amant.

Alors, Jerome lui apprendrait ce qu'il avait fomenté.

Il attendit quelques secondes pour être sûr que Kenzie avait quitté ses bureaux et pressa l'Interphone.

— Stella, appelez Caroline Carlton à New York, s'il vous plaît, lui ordonna-t-il avant de se renfoncer dans son fauteuil. Avec un grand sourire, il attendit d'avoir son interlocutrice en ligne.

9.

Tandis qu'ils roulaient vers leur destination, Dominick jeta un regard à Kenzie derrière ses lunettes de soleil.

Comme d'habitude, elle était splendide. Elle était vêtue d'une robe d'été vert émeraude à petites bretelles qui offrait à sa vue ses épaules satinées et la naissance de ses seins ronds, et portait des sandales à talons hauts et des lunettes noires.

Oh oui, elle était très belle et très lointaine, songea-t-il. Depuis qu'elle l'avait salué en montant en voiture une heure plus tôt, elle n'avait plus prononcé une seule parole.

Comment allait-il s'y prendre ? se demanda-t-il en concentrant son attention sur la route. Il était si excité à l'idée de briser le cocon de silence dans lequel elle s'était réfugiée !

Il décida d'en faire la démonstration.

— Alors, ce dîner avec Carlton, l'autre soir, c'était bien ?

Kenzie se crispa aussitôt, et le regarda plusieurs secondes sans rien dire.

— Pourquoi poses-tu la question puisque tu n'en as rien à faire ?

— Mais si ! assura-t-il avec légèreté. Vos retrouvailles ont-elles été un grand moment d'émotion ?

— A vrai dire, il n'y a pas eu de retrouvailles. Jerome a dû repousser son voyage, expliqua-t-elle.

— Un événement plus important que te revoir est survenu, alors, ironisa-t-il.

Jerome l'avait appelée mercredi en fin de journée pour annuler leur dîner. Il lui avait expliqué devoir repousser son voyage en Angleterre pour régler un problème urgent qui l'empêchait de quitter New York.

Etant donné qu'ils étaient censés dîner ensemble pour affaires, elle n'avait pas été particulièrement contrariée et ils étaient convenus de se rencontrer le lundi suivant, Kenzie lui ayant précisé qu'elle s'absentait pour le week-end. En revanche, elle ne lui avait pas dit avec qui elle partait. Même si Dominick n'en croyait rien, sa vie privée ne regardait pas Jerome Carlton.

— Je suppose, oui…

— Pauvre Kenzie ! murmura Dominick. Je me souviens que tu me reprochais de faire passer mes affaires avant tout le reste, précisa-t-il comme elle le regardait sans comprendre.

Elle ne se donna même pas la peine de répondre. Il n'y avait aucune comparaison entre ses rapports avec Jerome Carlton et les leurs.

— Sommes-nous bientôt arrivés ? voulut-elle savoir alors qu'ils traversaient la campagne du Hampshire.

— Oui, ce n'est plus très loin, répondit-il en se demandant ce que Kenzie penserait de Bedforth Manor.

Ce n'était pas très important puisque, après ce week-end, elle n'y retournerait jamais. Mais tout de même, sa réaction serait intéressante.

Quand il s'engagea dans la longue allée de gravier bordée d'arbres qui menait à l'imposante demeure de trois étages en pierre claire, elle se tourna vers lui.

— Bedforth Manor, dit-il simplement avant de descendre de voiture pour sortir leurs affaires du coffre.

Kenzie le suivit sans un mot jusqu'au pied de l'escalier.

— Est-ce un hôtel ? lui demanda-t-elle.

— Si c'en était un, il semblerait bien vide ! lui fit-il remarquer en tournant la tête de tous côtés, comme s'il cherchait la trace d'une autre présence que la leur.

— Mais…

— Ce n'est qu'une maison, Kenzie. Ma maison, dit-il avant de gravir les marches.

— Ta maison ? répéta-t-elle en le suivant, l'air un peu hébété.

— Oui, ma maison, répéta-t-il.

Dire qu'elle était étonnée était un euphémisme. Certes, elle savait qu'il possédait des biens un peu partout dans le monde, mais c'étaient pour la plupart des appartements qui pouvaient rester fermés pendant plusieurs mois entre deux visites. En revanche, une demeure comme celle-ci, c'était autre chose…

Cette vaste propriété ne cadrait d'ailleurs pas avec sa personnalité, lui qui se méfiait des engagements à long terme…

Si Dominick n'était pas surpris de lire autant d'incrédulité sur le visage de Kenzie, il n'avait pas l'intention de lui avouer qu'au départ, il avait acheté cette maison pour elle et que, six mois plus tôt, il voulait lui offrir la demeure de ses rêves.

Six mois auparavant, alors qu'elle était sa femme, il était prêt à lui offrir tout ce qu'elle désirait.

Mais ça, c'était avant qu'elle le trahisse.

Il n'aurait pas su dire pourquoi, après son départ, il n'avait pas cherché à revendre cette propriété, car il n'avait aucune envie de l'entretenir et encore moins d'y vivre.

Cependant, désormais, il était heureux de l'avoir conservée. Il y avait quelque chose de terriblement moral dans le fait qu'il finisse par l'y emmener et qu'elle voie de ses yeux cette demeure qu'il avait achetée pour elle mais qui ne serait jamais la leur…

Une maison qu'il vendrait sans doute après ce week-end…

— Je… C'est magnifique, dit-elle, ébahie, quand il ouvrit la porte et qu'ils pénétrèrent dans le grand vestibule.

Dominick regarda autour de lui, satisfait. La gouvernante avait suivi à la lettre les instructions qu'il lui avait données la veille au téléphone. Des fleurs au parfum délicat ornaient la table posée au centre du vestibule ; sans doute leur dîner était-il prêt et ne demandait plus qu'à être réchauffé. Il était également certain qu'à l'étage la chambre principale avait été préparée pour eux…

La gouvernante ayant quitté les lieux, ils étaient seuls.

— Pourquoi ne vas-tu pas dans la cuisine nous préparer du café pendant que je porte nos sacs à l'étage ? lui suggéra-t-il en désignant de la tête la porte devant eux.

Kenzie regardait de tous côtés, émerveillée par les boiseries, les chandeliers, les appliques à pendeloques de cristal, les parquets cirés. Et elle adorait le ravissant escalier qui menait à l'étage. Elle était si surprise qu'il l'ait emmenée dans une maison comme celle-ci alors qu'elle s'attendait à se retrouver dans un hôtel design froid et impersonnel qu'elle se dirigea sans un mot vers la cuisine, éberluée.

Elle aurait rêvé d'avoir une cuisine comme celle-ci : des casseroles et des poêles en cuivre pendaient au-dessus d'une grande table patinée. Le réfrigérateur et le lave-vaisselle, les seuls équipements de style plus moderne, étaient habilement dissimulés derrière des portes du même chêne que les placards.

Mais pourquoi Dominick avait-il acheté une demeure comme celle-ci ?

Et où étaient les employés de maison ? se demanda-t-elle soudain, certaine qu'il fallait plusieurs personnes en permanence pour entretenir une aussi vaste propriété.

Il devait au minimum y avoir un cuisinier. A moins que Dominick ne compte sur elle pour préparer les repas ?

Elle en était capable et elle adorait cuisiner mais, même si Dominick lui avait assuré qu'elle n'aurait pas à fréquenter d'autres personnes pendant le week-end, elle n'avait pas vraiment cru qu'ils se retrouveraient seuls.

— Pas de café ? intervint Dominick en pénétrant dans la cuisine. Ce n'est pas grave, il ne faut pas longtemps pour en faire. Peut-être aimerais-tu d'abord aller voir la piscine ?

Il y avait une piscine ?

Pourquoi pas, après tout ? Certes, il vivait rarement plus de quelques mois consécutifs au même endroit, mais cela ne voulait pas dire qu'il n'avait pas fait en sorte de rendre ses nombreuses propriétés le plus confortables possible.

— Oui, d'accord…

— La roseraie, dit Dominick sans autre commentaire en pointant le doigt tandis qu'ils sortaient de la maison. Là-bas, les écuries, ajouta-t-il en lui montrant les bâtiments tout au fond. Et voici la piscine, dit-il d'un air satisfait en sortant une clé de sa poche pour ouvrir la porte devant laquelle ils se tenaient.

Appeler cela une piscine ne rendait pas justice aux lieux, songea-t-elle en pénétrant dans une grande verrière qui s'ouvrait sur une terrasse et abritait un bassin de mosaïque bleue bordé de piliers d'albâtre et de statues grecques représentant des femmes à demi nues.

— C'était le fantasme d'un autre, pas le mien, commenta Dominick quand elle se tourna vers lui pour le regarder.

Elle l'aurait deviné. Elle aurait eu du mal à croire qu'un décor aussi romantique soit à son goût.

En revanche, elle adorait ce cadre à la fois enchanteur et chaleureux. Au point qu'elle était impatiente de passer son maillot de bain pour plonger dans l'eau limpide.

Sauf si Dominick se joignait à elle.

Car elle était toujours aussi sensible à sa présence. Quand elle était montée dans la voiture, il avait encore les cheveux humides, il était rasé de frais et le polo cintré et le jean étroit qu'il portait laissaient deviner son torse et ses cuisses musclées.

Au premier regard, son cœur s'était emballé.

Tout le long du trajet, son émotion n'avait fait que croître et seules ses lunettes noires lui avaient permis de masquer son trouble.

— Nous pouvons peut-être aller prendre un café, maintenant, déclara-t-elle, trouvant ce décor beaucoup trop intime et attirant pour s'y sentir à l'aise.

Tandis qu'ils retournaient à la maison, Dominick lui posa une main sous le coude, comme pour l'aider à gravir les marches. Comme il l'espérait, elle poussa aussitôt un petit soupir et se raidit à son contact. Elle finit par se libérer et pressa le pas pour s'éloigner de lui.

Intérieurement, il sourit. Sa réaction révélait que, bien qu'elle le nie, Kenzie le désirait toujours.

— Je voulais juste me montrer galant…

De retour dans la cuisine, il prépara le café. Maintenant

qu'ils étaient à l'intérieur, Kenzie ne pouvait plus se cacher derrière ses lunettes noires et elle le regardait faire de ses grands yeux verts après s'être installée à la table.

— J'espère que tu seras plus coopérative pour le dîner, lui dit-il d'un ton léger, car j'imagine que tu te souviens que mes compétences culinaires se bornent à faire du café et à appuyer sur le bouton du micro-ondes !

En effet, elle s'en souvenait et elle savait aussi qu'avant leur mariage il mangeait à l'extérieur ou avait une cuisinière à domicile qui lui préparait ses repas.

— Où sont les employés de maison ? lui demanda-t-elle avec méfiance.

— Il n'y en a pas, répondit-il d'un ton désinvolte. Une dame du village voisin vient vérifier que tout est en ordre. Elle a mis des fleurs dans les vases et apporté des provisions pour le week-end, mais, sinon, le reste du temps, il n'y a personne.

Ce qui signifiait qu'ils seraient seuls pendant deux jours.

Mais quand, dans la semaine, il lui avait dit avoir quelques détails à régler avant de confirmer le rendez-vous de ce week-end, il ne faisait sans doute pas allusion aux fleurs et aux provisions.

Et qu'allaient-ils faire, seuls pendant deux jours ? Qu'est-ce…

— Et si tu arrêtais de cogiter et que tu allais piquer une tête dans la piscine ? intervint Dominick, les yeux brillants. Et dire que c'est toi qui m'accusais d'avoir trop d'imagination. Je croyais t'avoir déjà dit que je ne couchais pas avec des femmes qui n'en avaient pas envie !

Et qu'en était-il de celles qui en avaient envie ?

Elle n'avait pas besoin de réfléchir longtemps pour

parvenir à la conclusion qu'avec lui, qui était toujours l'homme qu'elle aimait, elle ne ferait jamais partie des femmes qui n'en avaient pas envie.

Dominick avait été son mari, le seul homme qui avait partagé son intimité, et plus elle passait de temps avec lui, plus elle avait du mal à séparer l'homme dont elle était tombée amoureuse de l'étranger qu'il aurait dû devenir pour elle.

Etait-ce ce que toutes les femmes qui avaient été mariées à un homme et envisageaient de refaire l'amour avec lui éprouvaient ? Cette envie de savoir si un vestige de sentiments, d'espoir, ne subsistait pas entre eux ?

Elle se leva brusquement.

— Je vais aller me baigner, si ça ne t'ennuie pas.

Un plongeon dans l'eau fraîche serait sans doute salutaire.

— C'est moi qui te l'ai proposé, alors pourquoi veux-tu que ça m'ennuie ? répliqua-t-il en haussant les épaules. La chambre est à l'étage, première porte sur la gauche, lança-t-il alors qu'elle quittait la pièce à grands pas.

Elle se comportait comme une idiote, songea-t-elle en montant les marches quatre à quatre, comme si elle avait le diable aux trousses.

Dominick jouait avec ses émotions et il ne faisait aucun doute qu'il y prenait un grand plaisir.

Mais, quand elle pénétra dans la chambre et se retrouva face à un immense lit à baldaquin recouvert d'un plaid en brocart où étaient posés leurs sacs, elle songea qu'il ne comptait certainement pas se contenter de jouer avec ses sentiments.

10.

Quand, une heure plus tard, Dominick entra sous la verrière de la piscine, il découvrit Kenzie allongée sur un transat flottant, les mains délicatement posées sur la surface de l'eau, les yeux fermés, comme si elle dormait.

Ses cheveux libres flottaient sur l'eau et son maillot de bain rouge une pièce, qui épousait son corps souple et gracieux, la rendait encore plus désirable que si elle avait porté un Bikini.

A sa vue, il sentit aussitôt sa virilité s'éveiller et son pouls s'accélérer.

Elle était belle, d'une beauté exquise, et ces quatre mois d'abstinence forcée ne faisaient qu'amplifier son désir d'explorer chaque centimètre de son corps.

Lentement, il se déshabilla puis entra sans bruit dans l'eau.

Elle s'était assoupie. La baignade et le calme qui régnait sous la verrière l'avaient détendue et elle rêvait de Dominick. Elle se revoyait faisant l'amour avec lui, elle se remémorait ses mains caressant son corps, ses seins, descendant vers…

Mais non, ce n'était pas un rêve !

Elle ouvrit grand les yeux, tourna la tête et découvrit Dominick dans l'eau à côté d'elle. Son mouvement lui fit interrompre ses caresses.

Ce qu'elle lut dans son regard était très clair.

D'autant que la même émotion s'était emparée de son corps.

C'était du désir.

Un désir brûlant.

Intense.

Dominick reconnut l'éclat dans les yeux de Kenzie.

Quand ils se posèrent sur son torse, son regard fut telle une caresse. Une caresse qui s'intensifia lorsqu'elle passa la main sur sa peau. Il était tellement excité que ce petit contact lui fit fermer les yeux et pousser un gémissement de plaisir.

Sa main atteignit son bas-ventre et elle découvrit sa nudité. Il rouvrit les yeux et laissa échapper un soupir.

— Dominick…

— Non, Kenzie, pas maintenant, murmura-t-il, le souffle court. Ce n'est pas le moment de parler, ajouta-t-il, en la prenant dans ses bras pour la porter là où l'eau était peu profonde.

Il avait raison, l'instant était trop intense, trop fragile pour qu'ils songent à y mettre fin.

Il la laissa poser les pieds au fond du bassin et, tandis qu'elle se tenait debout face à lui, il lui ôta délicatement son maillot de bain en la fixant droit dans les yeux et l'invita à s'asseoir sur le rebord de la piscine. Puis il fit un pas vers elle et l'embrassa avec avidité.

Elle répondit à son baiser avec le même empressement, le même appétit. Elle posa les mains sur ses épaules et joignit sa langue à la sienne tandis qu'elle sentait son érection presser contre sa féminité déjà humide de désir. Il bougeait les hanches en rythme pour faire corps avec elle mais ne la pénétra pas.

Elle écarta davantage les cuisses pour l'inciter à le faire et bascula la tête en arrière pour s'offrir à sa bouche qui explorait son cou pendant que ses mains s'emparaient de ses seins. Elle en voulait plus, beaucoup plus !

Il changea de position pour prendre dans sa bouche la pointe durcie d'un de ses seins. Soudain, il s'interrompit et leva la tête.

— Tu ne me dis pas d'arrêter, Kenzie ? murmura-t-il, le souffle court.

Elle en était bien incapable et, pour seule réponse, elle gémit et s'inclina légèrement en avant pour offrir ses seins à ses baisers.

Il la fixa un long moment de ses yeux sombres pour l'inciter à le regarder tandis qu'il prenait de nouveau un sein dans sa bouche pour en lécher la pointe.

Hypnotisée, elle ferma les yeux tandis qu'une douce chaleur naissait entre ses cuisses. Elle n'en pouvait plus, elle voulait le sentir en elle…

Il recula un peu pour glisser une main entre ses cuisses et caresser son intimité. Comme elle poussait un long gémissement, il glissa un doigt en elle.

Elle était brûlante, ses seins plus fermes que jamais et il comprit qu'elle était déjà tout près d'atteindre l'orgasme.

Il releva la tête et interrompit ses caresses.

Dominick…

Il ne pouvait pas la laisser ainsi, il n'en avait pas le droit !

S'agenouillant dans l'eau, il posa les mains sur ses hanches et fit descendre sa bouche le long de son ventre pour atteindre la fleur de sa féminité.

Elle s'arqua pour s'offrir tout entière à cette nouvelle caresse. Elle aurait voulu que ces sensations délicieuses ne s'arrêtent jamais…

Elle voulait sentir Dominick en elle, elle voulait qu'il

la prenne et les emporte tous deux vers les cimes du plaisir. Comme il continuait à explorer sa féminité de sa bouche, de sa langue, toujours plus profondément, Kenzie sentit l'orgasme près de la submerger…

Une vague irrépressible monta en elle et la fit crier de bonheur tandis qu'un long frémissement parcourait tout son corps et que la langue de Dominick continuait d'aller et venir en elle pour prolonger encore et encore ce moment si fort qu'elle en avait les larmes aux yeux.

Elle eut la sensation de tomber dans un gouffre mais, soudain, des bras puissants, les bras de Dominick, se refermèrent autour d'elle. Elle le sentit déposer de petits baisers sur ses joues pour sécher ses larmes puis la porter et l'allonger sur quelque chose de doux et frais. Il la couvrit de son corps et glissa doucement un genou entre ses jambes.

En ouvrant les yeux, elle découvrit une expression de désir primaire sur ses traits. Soudain, elle eut envie de lui rendre le plaisir qu'il venait de lui donner.

Elle le fit basculer et s'installa à califourchon sur lui.

— Et maintenant, Dominick, dit-elle d'une voix triomphante, est-ce que je peux te prendre ? Dis-moi si tu as envie d'être en moi.

— Tu sais que j'en ai envie ! Maintenant ! répondit-il d'une voix rauque.

— Bientôt, lui promit-elle en se penchant sur lui. Très bientôt, ajouta-t-elle avant de l'entendre pousser un gémissement quand elle referma sa bouche sur sa virilité.

— Pitié, arrête, Kenzie, l'implora-t-il après plusieurs minutes, sinon je vais…

Sans un mot, elle se redressa, revint à califourchon sur lui et, sans le quitter du regard, s'offrit lentement, très lentement, à sa virilité.

— Ça te plaît, souffla-t-elle en commençant à bouger les hanches.

— Oh oui ! admit-il en calquant son rythme sur le sien. Donne-moi tes seins, Kenzie !

Elle posa les mains à plat pour se pencher en avant et haleta quand il prit un sein dans sa bouche sans cesser d'aller et venir en elle. Le rythme alla crescendo, ils étaient à l'unisson, elle s'offrait sans retenue à lui et il en faisait autant.

Enfin, quand le plaisir les emporta tous deux, elle se laissa tomber sur lui. Il referma les bras autour d'elle et elle sentit son cœur battre aussi fort que le sien tandis qu'ils respiraient par saccades.

Leurs ébats avaient toujours été intenses, mais ce qu'ils venaient de vivre…

— C'était incroyable, murmura Dominick.

Oui, c'était le mot qu'elle cherchait.

Incroyable… Au-delà de tout ce qu'ils avaient vécu auparavant.

Cela signifiait-il… Etait-il possible que, finalement, Dominick ait des sentiments pour elle ?

— Kenzie…, commença-t-il alors qu'elle était toujours allongée sur lui et qu'il sentait que, déjà, elle s'était mise à réfléchir. Kenzie, cesse de te torturer l'esprit, continua-t-il en la faisant basculer pour la regarder dans les yeux. Prends les choses comme elles sont, ne cherche pas à raisonner.

Il n'était lui-même pas capable de mettre des mots sur ce qui venait de se passer. Il savait juste que ce moment partagé avec elle avait été unique, qu'il n'en avait jamais vécu de semblable. Le plaisir qu'il avait éprouvé était impossible à décrire.

Comment était-ce possible ?

Quatorze mois plus tôt, il désirait Kenzie si fort

qu'il était allé jusqu'à lui proposer le mariage pour la posséder et il n'avait pas regretté sa décision. L'avoir dans son lit l'avait comblé au-delà de ses espérances. Depuis, rien n'avait changé car, après l'avoir rencontrée, il n'avait plus eu envie de faire l'amour avec une autre femme.

Mais ce qu'il venait de ressentir était bien différent. Si fort qu'il en avait perdu ses repères.

Et Kenzie avait littéralement hurlé de plaisir !

Qu'est-ce que cela signifiait ?

Rien du tout, se dit-il avec détermination avant de se lever d'un bond pour aller chercher ses vêtements.

Il avait amené Kenzie ici pour assouvir son désir. Et ce qui s'était passé n'était rien de plus que cela.

Il ne devait pas oublier que, depuis quatre mois, elle partageait le lit d'un autre. C'était cela, la différence. Kenzie n'était plus la même. Elle avait appris de nouvelles manières de faire monter l'excitation, de donner du plaisir. Car, finalement, c'était plutôt elle qui lui avait fait l'amour que l'inverse !

Il sentit remonter en lui la colère froide qu'il avait éprouvée quand il avait découvert qu'elle l'avait trompé avec Jerome Carlton.

Il avait de nouveau couché avec Kenzie, mais rien n'avait changé. Il avait eu beau parvenir à la plier à sa volonté, à son grand dépit, il n'en tirait aucune satisfaction. L'imaginer avec Jerome Carlton le mettait toujours en rage.

— Dominick ?

Il était déjà rhabillé alors qu'elle était toujours nue.

— Habille-toi, Kenzie, lui dit-il sèchement. Nous avons fini de jouer pour le moment et j'aimerais aller manger.

Elle le fixa d'un regard incrédule. Il souhaitait aller manger ? Après ce qui venait de se passer ?

Mais que s'était-il passé, au juste ?

Dominick était descendu à la piscine, l'avait découverte à moitié nue et décidé de réclamer son dû, comme il lui avait promis qu'il le ferait la semaine précédente.

La force dévastatrice de son plaisir l'avait poussée à se comporter comme jamais elle n'aurait osé le faire auparavant, mais cela ne signifiait pas qu'il avait éprouvé des sensations pareilles aux siennes.

Pis, le fait qu'il se préoccupe de manger était la preuve que, pour lui, cet instant n'avait rien eu d'exceptionnel.

— Tu vois, Kenzie, finalement, ça n'a pas eu lieu dans mon lit et tu ne l'as pas fait contre ton gré, loin de là, commenta-t-il d'un ton railleur.

Elle éprouva un sentiment d'humiliation qui céda vite le pas à la colère. Elle se leva, déterminée à lui rendre le coup qu'il venait de lui assener.

— Ce n'est pas moi qui t'ai supplié de... Lâche-moi ! s'exclama-t-elle quand il lui saisit les bras pour l'attirer à lui et que son visage se retrouva à quelques centimètres du sien.

Il obtempéra en la dévisageant avec froideur, serra les poings et les mâchoires.

— Habille-toi, puis rejoins-moi à la maison. Le week-end n'est pas encore terminé.

Elle s'en fichait complètement. Elle allait récupérer son sac et s'en aller, et il ne pourrait pas l'en empêcher !

11.

Kenzie se changea avant de regagner la maison. A son grand soulagement, Dominick n'était pas dans la cuisine, comme elle s'y attendait.

En revanche, elle eut moins de chance quand elle traversa le salon.

— Un verre ? intervint Dominick en levant le brandy qu'il s'était servi alors qu'elle venait de passer la porte.

Elle avança lentement. C'était une très belle pièce, aux tons crème et or. Le soleil du début de soirée qui y pénétrait par les grandes fenêtres aurait dû la rendre chaleureuse et accueillante, mais la présence de Dominick, debout devant la cheminée avec une expression maussade, produisait l'effet inverse.

Kenzie le dévisagea d'un air de défi.

— Vais-je en avoir besoin ?

Il lui retourna un sourire crispé.

— C'est fort possible, répliqua-t-il avant de se diriger vers le bar.

Il lui servit un verre qu'il déposa sur la table basse devant le canapé.

Soit il ne voulait plus la toucher, même accidentellement, soit il comptait l'inciter à s'asseoir sur le canapé pour la dominer de sa hauteur.

Elle opta pour la seconde solution.

Elle prit son verre et alla se poster devant une fenêtre, à contre-jour.

Elle avait pris son temps avant de regagner la maison et avait réfléchi à la façon de s'y prendre si elle ne parvenait pas à partir sans le croiser. Et, si l'ardeur avec laquelle elle avait répondu à ses avances dans la piscine la mettait en position de faiblesse, elle comptait bien retourner la situation.

— Il me semble que j'ai essayé de t'avertir que, statistiquement, ce genre… d'expérience est souvent décevant, dit-elle en buvant une gorgée sans le quitter du regard.

Il l'observa en silence. Il avait à la fois envie de lui faire mal et de l'embrasser.

De lui faire mal, parce qu'il ne supportait pas d'imaginer qu'elle puisse faire l'amour avec Jerome Carlton comme elle l'avait fait avec lui un peu plus tôt.

De l'embrasser, parce que renouer une fois avec elle n'avait pas suffi à étancher sa soif, loin de là.

— Effectivement, acquiesça-t-il, satisfait de la voir s'empourprer.

Sa réponse ne lui avait pas plu. Tant mieux, parce que lui non plus n'était pas à la fête.

Rien ne se passait comme il l'avait prévu.

Depuis qu'elle l'avait quitté, c'est la certitude qu'il finirait par goûter sa revanche qui lui avait permis de tenir. Pourtant, maintenant que tout s'était passé comme il l'avait espéré, il en était arrivé à la seule conclusion qu'il la désirait plus que tout.

— Ça va mieux ? lui lança-t-il sur un ton de mépris avant de prendre une seconde gorgée.

Kenzie ne réagit pas comme il s'y attendait. Son regard n'était pas luisant de larmes mais brillant de colère.

— Ce brandy est excellent, dit-elle avec calme.

Malgré lui, Dominick admira son attitude. A peine avaient-ils partagé un intense moment de passion qu'il se montrait dur, implacable, et il savait qu'elle devait se poser de nombreuses questions. Mais elle faisait preuve d'une force remarquable en refusant de laisser paraître son désarroi et sa souffrance.

Au contraire, elle le fixait avec aplomb, au point qu'il eut envie de tout faire pour chasser cette expression d'assurance de son visage.

— Alors, tu n'es pas curieuse de savoir pourquoi ton petit ami a été obligé de repousser son voyage en Angleterre de deux jours ?

Kenzie se crispa mais n'en laissa rien paraître. Après l'humiliation qu'il venait de lui infliger, il était hors de question qu'il sache combien elle était bouleversée.

Elle avait répondu d'instinct à ses caresses. Même si elle avait voulu tenir la bride à ses pulsions, elle n'y serait pas parvenue. Il devait d'ailleurs en être ravi. Les commentaires qu'il avait faits par la suite en avaient apporté la preuve.

Pendant un instant, hélas trop bref, elle avait retrouvé l'homme qu'elle aimait, l'homme qui l'avait initiée aux plaisirs de la chair. Et, même s'il refusait de le croire, il restait le seul et unique homme avec lequel elle avait fait l'amour.

Mais le Dominick qu'il était redevenu juste après n'avait rien de commun avec l'homme dont elle était tombée amoureuse.

Avait-elle réellement cru que renouer pourrait le faire changer ?

En fait, elle n'avait pas du tout réfléchi, et c'était bien là le problème.

— Si par l'expression « petit ami » tu fais référence à Jerome…

— Pourquoi, combien d'autres amants as-tu, Kenzie ?

Elle ne put se retenir de rougir.

— Tu sais, l'expérience de notre mariage ne m'a pas incitée à faire de nouvelles rencontres, rétorqua-t-elle d'un ton accusateur.

Elle n'était pas certaine qu'il pût en dire autant. Il ne croyait peut-être pas à l'amour, mais cela ne l'avait jamais empêché d'avoir des aventures.

— Cependant, cela n'explique pas pourquoi Jerome Carlton a repoussé son voyage. Car je suis sûr qu'il ne souhaite pas plus que moi te partager avec un autre.

Kenzie poussa un soupir agacé.

— Mais enfin, combien de fois devrais-je te répéter qu'il n'y a jamais rien eu entre Jerome et moi ?

Dominick haussa les épaules d'un air désinvolte.

— C'est toi qui éprouves le besoin de me le répéter, pas moi.

— Et d'abord, que sais-tu des raisons qui ont poussé Jerome à décaler son voyage ? répliqua-t-elle, certaine qu'il n'avait pas abordé la question fortuitement.

L'expression hostile de Dominick se mua en un sourire radieux.

— Je sais beaucoup de choses, figure-toi.

Kenzie déglutit.

— Pourrais-tu m'en dire un peu plus ?

— Je comptais laisser à Carlton le soin de le faire mais après tout, pourquoi pas ? Il y a deux ans, Carlton Cosmetics a connu des difficultés financières, ce qui a poussé Carlton a ouvrir quarante-neuf pour cent du capital de son groupe, à en garder trente et un pour cent à titre personnel et à partager les vingt pour cent restants entre ses frère et sœur.

Kenzie avait rencontré Adrian et Caroline Carlton. Adrian travaillait au sein de la société et y était très impliqué alors que Caroline, au contraire, ne voyait l'affaire familiale que comme un moyen de lui assurer un train de vie confortable.

— Et alors ? l'incita-t-elle à continuer avec appréhension.

Il fit la grimace.

— Eh bien, si tu veux mon avis, ces derniers jours, Carlton a dû s'employer à essayer de comprendre comment il avait pu perdre le contrôle de cinquante et un pour cent des parts de sa société.

Il regarda avec satisfaction la couleur refluer du visage de Kenzie.

— Tu… Dis-moi que ce n'est pas toi qui en es responsable ? bredouilla-t-elle, incrédule.

— Et pour quelle raison te mentirais-je ?

Elle le fixa sans rien dire, comme si elle refusait encore de croire à ce qu'il venait de lui annoncer. Elle dut aller s'asseoir sur le canapé tant elle était abasourdie.

— Je t'avais dit que tu pourrais avoir besoin d'un verre, lâcha-t-il, suffisant.

Sous le choc, Kenzie resta bouche bée. C'était incroyable d'imaginer que, depuis quatre mois, il préparait…

Alors, c'était donc cela les fameux « détails » qu'il devait finaliser mercredi !

Pourquoi avait-il fait cela ? Il ne l'aimait pas, il ne l'avait jamais aimée, alors pourquoi son départ l'avait-il contrarié au point d'aller aussi loin, même s'il persistait à croire qu'elle l'avait quitté pour un autre homme ?

L'orgueil.

Elle avait froissé l'orgueil de Dominick Masters, et il ne le tolérait pas.

— Je n'arrive pas à croire que tu aies fait cela, Dominick, finit-elle par articuler en secouant la tête.

Il lui retourna une moue dédaigneuse.

— Ne doute pas que c'est bien moi qui détiens désormais la majorité des parts de Carlton Cosmetics, Kenzie, dit-il avec assurance avant de vider son verre. En revanche, je pense que Carlton n'a compris la manœuvre que très récemment, quand Caroline lui a dit qu'elle avait vendu ses dix pour cent. A moi, ajouta-t-il avec délectation.

Elle avait une expression à la fois blessée et incrédule. Puis, lentement, elle posa son verre d'un geste sec, se leva et lui adressa un regard assassin.

— Même de toi, je n'attendais pas quelque chose d'aussi méprisable…

— Même de moi ? répéta-t-il. Baisse d'un ton, Kenzie. Au cas où ça t'aurait échappé, le fait que je sois désormais l'actionnaire majoritaire de Carlton Cosmetics signifie que ton contrat m'appartient, lui fit-il remarquer.

Elle le fixa encore une fois pendant de longues et douloureuses secondes. Elle n'arrivait pas à croire que Dominick ait pu prendre le contrôle de Carlton Cosmetics, qui plus est avec l'aide de la sœur de Jerome…

Cela ne l'étonnait cependant pas de la part de Caroline, qui n'avait jamais dissimulé que ce qui l'intéressait avant tout, c'était l'argent. Or, Dominick avait dû lui faire une offre très alléchante pour lui racheter ses parts.

Quant à son contrat avec Carlton Cosmetics…

— Je ne travaillerai jamais pour toi, Dominick.

— Dans ce cas, je devrai te poursuivre en justice pour rupture abusive de contrat.

— J'ai signé un contrat avec Jerome !

— Tu as signé un contrat avec Carlton Cosmetics, corrigea-t-il d'un ton sévère.

Il lui avait fallu quatre mois pour identifier précisément les détenteurs d'actions de la société et les convaincre de lui vendre leurs titres. Et ce n'est que le mercredi précédent qu'il avait obtenu la confirmation d'achat des dix pour cent de Caroline Carlton qui lui permettaient de devenir l'actionnaire majoritaire de la société dirigée par l'homme qui avait séduit et mis son épouse dans son lit. Par la même occasion, il avait mis la main sur le contrat qui liait Kenzie avec Carlton Cosmetics.

Kenzie se tenait toujours devant lui tête haute, mais les révélations de Dominick l'avaient abasourdie.

— Je crains que tu ne doives effectivement me poursuivre en justice, car jamais je ne travaillerai pour toi. A vrai dire, après ce que tu as fait aujourd'hui, je ne veux même plus te revoir du tout, ajouta-t-elle.

— Vraiment ?

— Oui, vraiment, répéta-t-elle avec conviction.

— Cela risque d'être difficile, étant donné que je compte m'impliquer dans toutes les branches de Carlton Cosmetics…

Mais comment avait-il pu faire cela ? Depuis qu'elle l'avait rencontré, il avait été beaucoup pour elle. Il avait été l'homme dont elle était tombée amoureuse, puis l'homme qu'elle avait épousé. Puis, au fil du temps, il s'était révélé incapable de lui rendre ses sentiments, la mettant au défi de le quitter.

Mais le Dominick qu'elle avait devant elle était à ce point dévoré par le besoin de se venger de Jerome Carlton et d'elle qu'il était allé jusqu'à tenter de les anéantir tous deux.

Il avait déjà réussi à détruire Jerome.

Quant à elle, si elle refusait de continuer à travailler pour Carlton Cosmetics, il parviendrait certainement à la ruiner.

Elle secoua la tête, anéantie.

— Je crois que je peux comprendre ton besoin de me rendre la monnaie de ma pièce, Dominick, mais pourquoi a-t-il fallu que tu entraînes Jerome dans ta vengeance…

— Ah bon, tu ne comprends pas ? Alors c'est que tu me connais très mal, la coupa-t-il.

Elle le dévisagea d'un regard vide, dénué d'émotion.

— Une chose est sûre, c'est que je ne te pardonnerai jamais, Dominick. Jamais, insista-t-elle avant de s'éloigner à grands pas.

— Où vas-tu ?

Elle se retourna.

— Loin d'ici. Loin de toi…

— Tu crois sincèrement que ce sera aussi facile, Kenzie ?

Le quitter quatre mois plus tôt avait été une épreuve. En revanche, quitter l'étranger qu'il était devenu ne lui coûterait rien.

Mais ce n'était pas ce qu'il voulait dire, bien sûr ! Il sous-entendait qu'elle n'arriverait pas à rompre son contrat avec Carlton Cosmetics et que, par conséquent, au cours des huit mois à venir, ils se côtoieraient régulièrement.

Elle lui adressa un regard méprisant.

— Tu sais ce qui est le plus triste dans cette histoire, Dominick ? Non, bien sûr, tu n'en sais rien, répondit-elle elle-même. Ton comportement, ce que tu as fait… Oh ! je ne nie pas que les huit prochains mois seront difficiles mais…

— Non, tu ne peux pas le nier.

— Mais tu ne comprends pas vraiment ce que tu as fait, reprit-elle avec un soupir. Peu importe ce que tu crois, jusqu'à aujourd'hui, je n'ai jamais eu qu'une relation de travail avec Jerome. Mais, désormais, tu es parvenu à nous liguer tous les deux contre toi.

— Ce n'est pas nouveau, rétorqua-t-il avec dédain.

— Je me sens désolée pour toi, Dominick. Sincèrement.

— Epargne-moi ta pitié, lui conseilla-t-il d'un ton menaçant.

Elle lui adressa un dernier regard avant de quitter la pièce.

— Oui, tu n'en vaux pas la peine…

Immobile, Dominick la regarda monter l'escalier. Quelques secondes plus tard, il l'entendit redescendre, puis la porte d'entrée se referma avec un claquement sec, définitif. Elle était bel et bien partie.

Kenzie le quittait pour la seconde fois !

Etrangement, il n'éprouvait aucune satisfaction. Il lui avait fait l'amour avant de lui révéler qu'il avait pris le contrôle de Carlton Cosmetics et, au bout du compte, il ne faisait que repenser à son expression de dégoût et d'incrédulité.

Tandis qu'il se resservait un verre, il prit conscience que, désormais, Kenzie le détestait pour de bon.

Bien. En préparant ce week-end, c'est ce qu'il avait souhaité, non ?

Alors, pourquoi sa revanche lui restait-elle sur l'estomac alors qu'il comptait savourer un moment de jouissance totale ?

12.

Kenzie ignorait quelle serait la prochaine initiative de Dominick mais, depuis l'affreuse journée à Bedforth Manor, cinq semaines étaient passées et il ne s'était pas manifesté une seule fois.

En soi, c'était un soulagement mais aussi une surprise.

Cependant, le répit touchait à sa fin car, ce soir, c'était la soirée de lancement du nouveau parfum de Carlton Cosmetics, un événement auquel, en tant que visage de la marque, elle se devait d'assister. Elle avait pris un vol pour New York, et plusieurs conversations avec Jerome lui avaient appris que Dominick entendait bien être présent lui aussi.

Jerome et elle avaient rencontré un avocat pour savoir s'ils pouvaient s'opposer au coup de force de Dominick et si elle, à titre personnel, pouvait rompre son contrat. Mais l'avocat avait répondu que Dominick avait usé de voies légales et qu'aucune clause ne prévoyait qu'elle pouvait rompre son contrat du jour au lendemain.

Ils étaient donc pieds et poings liés et, comme c'était prévisible, Jerome vivait très mal la situation.

— Il ne devrait pas tarder à faire son entrée, glissa Jerome à son oreille après l'avoir rejointe dans la salle de réception du grand hôtel new-yorkais où avait lieu la soirée.

Les lustres scintillaient au-dessus des têtes de la

jet-set et des médias réunis pour l'occasion, et la salle bruissait de conversations.

— Peut-être nous épargnera-t-il sa présence à la dernière minute, répliqua-t-elle d'un ton qu'elle voulait léger malgré son extrême nervosité, sans quitter des yeux la porte d'entrée.

— Non, je ne crois pas que nous aurons cette chance, répliqua Jerome qui, à quarante-deux ans, avait conservé un visage séduisant.

Mais Jerome ne l'avait jamais attirée. Quand elle avait fait sa connaissance, elle était toujours mariée à Dominick et ne prêtait pas attention aux autres hommes. Ensuite, elle n'avait tout simplement pas senti d'attirance particulière pour lui. Pas plus que pour un autre, d'ailleurs…

— Attention, le voilà, déclara Jerome avec mépris.

Kenzie se crispa si fort qu'elle renversa un peu de son champagne. Elle s'appliqua à desserrer son étreinte pour ne pas risquer de briser la coupe.

— Oh ! bon sang, il a amené Caroline avec lui ! ajouta Jerome avec colère.

Kenzie s'essuyait les doigts tandis que les flashes crépitaient autour de Dominick. Dans son costume de soirée, sa chemise blanche et sa cravate rouge — un rouge semblable à celui de sa robe, nota-t-elle avec consternation —, il en imposait.

A côté de lui, Caroline Carlton arborait une mine triomphante. Ses cheveux blonds tombaient librement sur ses épaules nues et sa robe noire épousait sa silhouette voluptueuse.

Kenzie ignorait qu'il viendrait accompagné, mais le voir avec Caroline n'était pas une surprise totale.

Quand la vente des parts de Caroline avait été révélée, une violente querelle de famille avait éclaté et

Jerome et son frère avaient déclaré à leur sœur qu'ils ne voulaient plus la voir.

Elle devait donc être ravie d'apparaître avec Dominick à une soirée à laquelle elle n'avait pas été conviée.

— Peut-être devrions-nous le déstabiliser en prenant l'initiative d'aller lui dire bonsoir, suggéra-t-elle, consciente que, désormais, la majorité des invités regardaient dans leur direction.

La prise de contrôle de Carlton Cosmetics avait fait les gros titres de la presse et tout le monde était curieux de savoir comment allait se dérouler la soirée.

En revanche, comme son divorce avec Dominick n'avait pas encore été prononcé — il n'avait toujours pas signé et renvoyé les papiers —, personne ne savait à quel point leurs rapports étaient détériorés. C'était déjà ça.

— Toi, tu vas lui dire bonsoir, et moi, je vais me resservir un verre, répondit Jerome d'un ton dégoûté avant de disparaître dans la foule.

Kenzie ferma brièvement les yeux. Il lui restait six mois et demi de contrat à honorer. Ensuite…

— Tu es très en beauté, ce soir, Kenzie, intervint alors Dominick qui s'était approché d'elle.

Elle tourna vers lui un regard méfiant et, sous son maquillage très sophistiqué, il lui sembla la voir pâlir .

Il songea qu'elle n'avait pas besoin de ce maquillage, d'ailleurs, tant elle était naturellement belle.

Dans sa robe rouge ajustée, elle était sensationnelle. Ses seins fermes, sa taille fine, ses hanches sensuelles, tout chez elle était parfait. Même au milieu d'une foule belle et élégante, elle éclipsait tout le monde et, dès qu'il était entré, il l'avait repérée, même s'il s'était efforcé de sourire aux photographes sans avoir l'air distrait.

— Champagne ? lui proposa-t-il en lui tendant une des deux coupes qu'il avait en mains.

Elle haussa les sourcils.

— Ne ferais-tu pas mieux de la proposer à Caroline ?

Il haussa les épaules.

— Je crois qu'elle est allée bavarder avec son frère.

Kenzie tourna la tête vers l'autre côté de la salle. Jerome et Caroline semblaient avoir une conversation animée.

— Ils n'ont pas l'air de passer un bon moment, commenta-t-elle en ignorant la coupe de champagne qu'il lui offrait. Ça ne te dérange pas d'avoir semé la discorde dans la famille Carlton ?

Dominick savait à quel point la famille était importante pour Kenzie. Pour elle, c'était peut-être même plus grave que sa prise de contrôle de Carlton Cosmetics.

— Mais non, bien sûr que ça ne te dérange pas ! reprit-elle. Au contraire, ça te permet de démontrer à quel point les liens familiaux sont fragiles.

A ce sarcasme, Dominick pinça les lèvres. Il s'était délibérément tenu à l'écart de Kenzie pendant cinq semaines, et cela n'avait pas été facile. Ses émotions oscillaient sans cesse entre son envie de la revoir et sa conscience qu'il était bien la dernière personne au monde qu'elle désirait rencontrer.

Mais le problème — un problème qui n'avait fait que croître de jour en jour — c'était que lui avait très envie de la voir.

Le souvenir de leur étreinte à Bedforth Manor ne lui était jamais sorti de la tête, tant ce qu'il avait éprouvé avait été fort.

Kenzie lui avait affirmé que leur mariage était terminé, mais lui aurait-elle fait l'amour avec une telle passion si elle n'avait rien ressenti pour lui ?

Mais, question plus pertinente encore, lui aurait-il fait l'amour ainsi s'il n'avait pas de sentiments pour elle… ?

Il avait toujours gardé la maîtrise de ses émotions mais, ce jour-là, il avait perdu le contrôle… et s'était senti vivant pour la première fois depuis plusieurs mois.

En outre, après le départ de Kenzie, la colère qui l'avait habité pendant des mois s'était muée en une sensation d'écœurement dont il n'arrivait pas à se débarrasser.

Au départ, il voulait absolument être présent quand on annoncerait à Jerome Carlton qu'il était devenu minoritaire au sein de sa propre société, mais, après son ultime conversation avec Kenzie et son expression de dégoût face à son attitude, il avait décidé de ne pas se montrer, car il n'aurait pas supporté de revoir cette moue.

Quand elle l'avait quitté, une rage folle s'était emparée de lui. Désormais, il était conscient que son besoin de revanche n'avait fait que réduire en miettes ce qui restait des sentiments qu'elle lui portait.

Il s'était persuadé que cette revanche lui serait délicieuse. Mais il s'était fourvoyé…

Pas étonnant que Kenzie se soit sentie désolée pour lui !

S'il n'avait pas détesté cela, il se serait senti désolé pour lui-même…

Il s'était comporté comme un imbécile, un complet imbécile, mais il s'en était rendu compte trop tard.

— Quand il est question de ta famille, je ne cherche pas à éprouver la fragilité des liens qui vous unissent. Il me semble même me souvenir que j'ai accepté de t'accompagner au mariage de Kathy afin de ne pas perturber ton père après sa crise cardiaque, lui dit-il doucement.

Un bref éclat traversa les yeux verts de Kenzie.

— Tu ne l'as pas fait pour rien, Dominick, lui rappela-t-elle d'un ton amer.

Ce rappel le piqua au vif.

— Je ne suis pour rien dans la discorde entre les Carlton, se défendit-il. C'est la cupidité de Caroline qui en est responsable.

Kenzie haussa les épaules.

— Je suppose que tu lui as fait une proposition qu'elle aurait été stupide de refuser !

Oui, en effet. Et c'était inutile aussi qu'elle exprime ce qu'une telle initiative lui inspirait.

Il éprouva un sentiment de rejet pour lui-même. Un sentiment qu'il n'avait jamais éprouvé auparavant. Il tenta de se défendre.

— Carlton peut toujours me faire une contre-proposition pour racheter mes parts…

Kenzie le dévisagea quelques secondes puis secoua la tête.

— Pour que tu aies le plaisir de lui dire non ?

— Peut-être ne lui dirais-je pas non. Après tout, je suis arrivé à mes fins…

— En te vengeant de Jerome et en m'humiliant ? le coupa Kenzie, qui n'était pas certaine de pouvoir poursuivre cette conversation encore longtemps.

De plus, elle n'avait rien avalé, car la perspective de revoir Dominick lui nouait l'estomac, et elle commençait à se sentir faible. Elle redoutait même de s'évanouir.

— Je n'ai pas…, commença-t-il à répliquer avant de s'interrompre, inquiet. Tu te sens bien ?

— Non, je ne me sens pas bien, répliqua-t-elle,

irritée. Cette situation est encore plus impossible que je ne l'aurais cru.

La pâleur de son teint et les cernes sous ses yeux lui apprirent qu'elle ne mentait pas.

— Je crois que tu devrais manger quelque chose, lui conseilla-t-il, réellement inquiet.

— Et moi, que tu devrais me laisser tranquille ! rétorqua-t-elle, agitée.

Maintenant qu'il l'avait revue, il était incapable de s'éclipser, car il ignorait s'il aurait encore l'occasion de lui reparler un jour.

— Excuse-moi, Dominick, reprit Kenzie, déterminée à s'éloigner pour ne pas s'effondrer devant lui.

Il la retint par le bras.

— Kenzie…

— Il faut que j'aille me repoudrer le nez, répliqua-t-elle en se débattant pour se libérer. Si tu veux, tu peux m'accompagner, mais ça pourrait éveiller les soupçons…

Il ne put que la laisser s'éloigner et la suivre du regard.

Mais à quoi donc s'était-il attendu ?

A cause de son stupide comportement quelques semaines plus tôt, il ne pouvait plus espérer qu'elle supporte sa présence.

Au cours de ces cinq interminables semaines, il s'était regardé bien en face, et ce qu'il avait vu ne lui avait pas plu. Il devait reconnaître qu'il n'avait que ce qu'il méritait.

Il était même allé jusqu'à considérer la relation de Kenzie avec Jerome Carlton sous un autre angle. Car elle lui avait dit qu'elle l'aimait, et il avait toujours répliqué être incapable de lui retourner ses sentiments. Alors peut-être l'avait-il lui-même poussée dans les bras d'un autre…

Sauf qu'il avait du mal à croire que Jerome Carlton puisse aimer une femme.

Cinq mois plus tôt, il s'était renseigné et avait découvert que Carlton était quelqu'un de narcissique et d'impitoyable en affaires, des traits de caractère qu'il ne connaissait que trop bien. Carlton collectionnait les aventures et laissait tomber les femmes qu'il fréquentait du jour au lendemain quand il se lassait d'elles ou qu'elles ne lui étaient plus utiles.

Cependant, il n'avait pas encore mis fin à sa liaison avec Kenzie. Pas encore, du moins...

Kenzie eut tout juste la force d'atteindre le fauteuil à l'entrée des toilettes et de s'y laisser tomber. Elle se tint la tête entre les mains et prit une profonde inspiration pour se ressaisir.

C'était affreux.

Elle s'était préparée à ce que cette soirée soit une épreuve, mais elle avait été près de s'évanouir au beau milieu de la foule et de se rendre ridicule devant tout le monde !

Non, elle ne ferait pas ce plaisir à Dominick.

Après avoir récupéré, elle pénétra dans les toilettes et se passa de l'eau sur le visage.

Elle était encore devant le miroir quand Caroline Carlton fit son entrée.

Elle se raidit légèrement puis regarda ailleurs. Caroline et elle n'avaient jamais été proches et, désormais, cela ne risquait pas d'arriver.

Caroline vint se poster juste à côté d'elle.

— Je suppose que vous ne m'aimez pas beaucoup, dit-elle d'un ton nonchalant en sortant son rouge à lèvres de son sac à main.

Kenzie haussa les épaules.

— Ce que vous décidez de faire de vos biens ne me regarde pas, Caroline.

— Allez dire cela à mon frère, rétorqua la jeune femme avec amertume.

— Je ne pense pas disposer de suffisamment d'influence sur lui, répondit Kenzie avec un sourire contrit.

— Ce n'est pas ce que pense Dominick !

Kenzie se crispa.

— Dominick…

— Vous êtes plutôt gourmande, reprit Caroline. Cela fait des mois que Jerome fait tout pour satisfaire vos moindres caprices et, dans le même temps, Dominick est toujours sous votre charme.

— Ce n'est pas ainsi que je vois les choses, ni pour Jerome ni pour Dominick, répliqua Kenzie.

— Tant mieux pour vous, la coupa Caroline. Je suis venue pour m'assurer que vous alliez bien et, apparemment, c'est le cas, alors…

— Et pourquoi vous seriez-vous souciée de mon état ? voulut savoir Kenzie, troublée.

— Personnellement je m'en moque, mais pas Dominick. Il m'a envoyée ici pour vous espionner…

Kenzie n'entendit pas la fin de la phrase de Caroline. Ses vertiges revinrent brusquement et un voile noir tomba devant ses yeux.

13.

Quand elle se réveilla, Kenzie était totalement désorientée. Elle ne reconnaissait pas la chambre où elle était et ignorait comment elle y était arrivée.

En revanche, elle reconnut l'homme grand et large d'épaules qui se tenait devant la baie vitrée à observer la ligne des gratte-ciel de New York.

— Dominick ?

Il se retourna au son de sa voix, et son visage s'éclaira quand il la vit se redresser pour s'asseoir au bord du lit.

— Non, ne bouge pas, lui ordonna-t-il, le médecin devrait arriver dans quelques minutes.

— Mais…

— S'il te plaît, Kenzie, insista-t-il en lui posant doucement les mains sur les épaules. Nous ne savons pas encore ce que tu as et, tant que le médecin ne t'aura pas examinée, mieux vaut que tu restes allongée.

D'instinct, elle se raidit à son contact et il retira sa main en ravalant sa contrariété.

— Que s'est-il passé ? lui demanda-t-elle. J'étais en train de parler avec Caroline, et ensuite… Mais où suis-je ? Comment suis-je arrivée ici ?

— Je réside dans l'hôtel où a lieu la soirée et tu es dans ma suite, lui expliqua-t-il en se relevant.

Il ne savait pas encore ce qu'avait Kenzie mais il

était conscient que le sentir tout près d'elle la rendait très nerveuse.

— Quant à savoir comment tu es arrivée ici, je t'ai portée…

— Mais j'étais dans les toilettes pour dames quand je me suis évanouie ! le coupa-t-elle alors que le fil des événements lui revenait.

Dominick lui retourna un sourire contrit.

— Eh bien, finalement, je t'y ai suivie et, tu avais raison, cela n'est pas passé inaperçu. Mais c'est avant tout parce que tu étais inconsciente quand je suis ressorti en te portant dans mes bras, précisa-t-il.

Kenzie ferma les yeux, imaginant sans mal les commentaires qu'avait dû causer son malaise. Et dire qu'elle comptait traverser cette soirée sans faire de vagues ! Quant à Jerome, quand il l'avait vue dans les bras de Dominick, il avait dû friser la crise d'apoplexie…

— Pourquoi a-t-il fallu que tu me conduises dans ta suite ? protesta-t-elle en se redressant.

— Je t'ai dit de ne pas bouger !

Elle lui retourna un regard méprisant.

— Je suis sûre que tu as pensé agir pour le mieux en m'amenant ici, Dominick, mais n'en déduis pas que cela te donne le droit de me dire ce que je peux faire ou pas !

— Tu as peut-être raison, concéda-t-il malgré lui.

— J'ai raison, reprit-elle d'un ton définitif. Maintenant, excuse-moi, mais j'ai à faire…

— Tu ne vas nulle part tant que tu n'as pas vu un médecin, insista Dominick.

Kenzie se redressa et posa les pieds au sol.

— Je n'ai pas besoin de voir un médecin. J'ai seulement été… trop occupée pour prendre le temps de manger, c'est tout.

— Tu veux dire que la perspective de me voir ce soir t'a coupé l'appétit ? devina-t-il, n'ayant aucun mal à comprendre ce qu'elle avait éprouvé puisque lui n'avait rien pu avaler non plus.

Kenzie lui jeta un regard dédaigneux.

— Ne te donne pas trop d'importance, Dominick. Ces dernières semaines, je n'ai pas beaucoup pensé à toi, tu sais.

— Ah non ? répliqua-t-il sans parvenir à dissimuler que son commentaire lui avait fait mal, car lui, au contraire, s'était montré incapable de penser à autre chose qu'à elle.

— Non, répéta-t-elle fermement. Maintenant, il faut que je retourne en bas pour réparer les dégâts causés par ton comportement héroïque !

— Tu aurais préféré que je te laisse allongée par terre, c'est ça ?

— Je t'ai déjà expliqué que je préférerais que tu restes à l'écart ! rétorqua-t-elle. Va retrouver Caroline ! Elle sera ravie de te voir.

— Caroline, répéta-t-il en fronçant les sourcils. Que vient-elle faire dans cette histoire ?

— Tu es venue avec elle, non ?

— Non, elle est venue avec moi, la corrigea-t-il. Elle m'a téléphoné dans l'après-midi pour me demander si elle pouvait m'accompagner.

— Vraiment ?

— Oui, vraiment ! insista-t-il en se passant la main dans les cheveux, agacé de devoir se justifier.

— Mais j'imagine que tu étais ravi d'accepter ! l'accusa Kenzie.

— Non, je… Mais quelle importance, Kenzie ?

En effet, qu'est-ce que cela pouvait-il bien lui faire ? se demanda-t-elle.

Revoir Dominick et lui parler lui avaient révélé que ses sentiments pour lui n'étaient pas morts. Ils étaient nichés dans un recoin sombre de son cœur, quelque part où ils ne pourraient plus la faire souffrir.

Les semaines précédentes, elle n'avait songé qu'à la colère et à la déception qu'elle avait éprouvées à Bedforth Manor. Mais, dès l'instant où il était arrivé en compagnie de Caroline Carlton, tout avait été balayé…

Elle avait été jalouse de voir une autre femme à son bras.

Caroline Carlton, en plus !

Une femme qu'elle n'avait jamais beaucoup appréciée et n'apprécierait jamais.

Mais ça n'en restait pas moins de la jalousie. Après tout ce qui s'était passé, toutes les blessures qu'ils s'étaient infligées l'un à l'autre, elle était toujours amoureuse de Dominick.

— Je me moque de savoir de qui tu te fais accompagner, mentit-elle. Je trouve simplement que tu aurais pu avoir meilleur goût.

Dominick lui lança un regard noir.

— Je n'ai pas et n'ai jamais eu de liaison avec Caroline Carlton…

— Je viens de te dire que je m'en fichais.

— Ce n'est pas l'impression que tu donnes.

— Je m'en moque, pense ce que tu veux !

Soudain, on frappa.

— Ce doit être le médecin. Puisqu'il est là, autant qu'il t'examine.

Résignée, Kenzie se rassit au bord du lit pendant que Dominick allait ouvrir. La querelle qu'ils venaient d'avoir l'avait épuisée.

Elle était certaine que le médecin allait lui annoncer qu'elle souffrait de surmenage et qu'elle ne mangeait pas assez. Aussi, quand ce dernier entra dans la pièce et commença à lui poser quelques questions, elle songea que l'expression grave de Dominick était déplacée.

— Dominick, tu veux bien attendre dans la pièce d'à côté ?

Il s'apprêta à obtempérer à contrecœur. Kenzie n'imaginait pas l'inquiétude dont il avait été la proie quand Caroline était sortie des toilettes pour lui annoncer qu'elle s'était évanouie.

Elle n'avait pas vu avec quelle délicatesse il l'avait prise dans ses bras pour la porter jusqu'à l'ascenseur, repoussant au passage sans ménagement les questions de Jerome Carlton et ordonnant au directeur de l'hôtel d'appeler un médecin et de l'envoyer dans sa suite.

Dans ses bras, elle ne pesait rien du tout, ses longs cheveux s'étaient enroulés autour de ses mains et elle était très pâle. Jamais elle ne lui avait paru aussi fragile.

Alors il n'avait pas très envie de passer dans l'autre pièce, car il voulait savoir ce qui lui arrivait.

— Je crois que ce serait aussi bien si votre mari restait ici, madame Masters, intervint le médecin avec un sourire.

Le visage de Kenzie avait repris un peu de couleur.

— Ce n'est plus mon…

— Si tu préfères, je vais rester à l'autre bout de la pièce, près de la fenêtre, la coupa-t-il avant qu'elle puisse terminer de protester parce que le médecin l'avait appelé son « mari ».

Pourtant, officiellement, ils étaient toujours mari et femme, songea-t-il en traversant la pièce, que cela lui plaise ou non.

Au cours des semaines précédentes, il avait sorti une bonne dizaine de fois les papiers de divorce de son tiroir. Non pas pour les signer, mais pour se rappeler que, même s'il avait pris conscience de ses erreurs, Kenzie ne voulait plus de lui.

Perdu dans ses pensées, il eut vaguement conscience de voir Kenzie se rendre aux toilettes et revenir quelques minutes plus tard.

— Bien, je crois que tout est en ordre, déclara alors le médecin en se relevant avant de se tourner vers lui avec un sourire. Il n'y a rien d'inquiétant, monsieur Masters.

— Kenzie s'est effondrée, docteur, alors vous comprenez que je puisse m'inquiéter !

— Votre épouse n'a fait qu'un petit malaise, répliqua le médecin. A ce stade, c'est tout à fait normal, je vous l'assure. Il faudra que Mme Masters voie son médecin traitant dès que possible et, si cela se reproduit…

— Mais qu'est-ce qu'elle a ? le coupa Dominick avec impatience.

— Eh bien, je pense que vous présenter mes félicitations est de circonstance. Votre femme est enceinte, monsieur Masters.

— Enceinte… ?

Kenzie était *enceinte* !

14.

— J'ai comme l'impression que si je devais parier sur l'identité du père de ce bébé, j'aurais une chance sur deux de rafler la mise, déclara Dominick qui, une fois le médecin parti, était revenu affronter le regard hostile de Kenzie.

— Ton impression est justifiée, admit-elle entre ses dents, abasourdie.

Ça ne lui était même pas passé par la tête…

Elle n'y avait pas pensé…

Elle attendait le bébé que, six mois plus tôt, elle désirait tant avoir.

Le bébé de Dominick…

En prendre conscience la laissait sans voix. Elle était même étonnée de ne pas s'être de nouveau évanouie quand le médecin avait annoncé la nouvelle.

Enceinte !

Mais elle n'allait pas, comme elle en avait souvent rêvé, avoir un enfant avec l'homme avec qui elle filait le parfait amour et dont elle était l'épouse. Le père de son bébé et elle ne vivaient même plus ensemble et seraient prochainement divorcés.

Toujours était-il qu'elle portait l'enfant de Dominick. Et, s'il n'en voulait pas, tant pis ! Elle avait assez d'amour pour deux.

— Je n'ai aucune idée de ce que tu penses, Kenzie,

déclara Dominick tandis qu'il cherchait à interpréter les émotions qu'il voyait défiler sur son visage, même si je pourrais essayer de le deviner. Mais je crois que nous ferions mieux de continuer à en parler quand tu auras mangé quelque chose.

Même s'il s'appliquait à se montrer calme, intérieurement, il était très agité. Mais il n'aurait pas su dire ce qu'il ressentait.

Kenzie était enceinte.

De lui ou de Carlton ?

Le fait même de se poser la question suffisait à lui serrer le cœur.

— Je vais demander qu'on nous monte un plateau pendant que tu appelles tes parents.

— C'est beaucoup trop prématuré pour leur annoncer la nouvelle, protesta Kenzie.

Dominick fit la grimace.

— Je ne suggérais pas que tu les informes de ta grossesse mais, quand je t'ai portée jusqu'ici après ton malaise, des photographes ont assisté à la scène et je crains que tes parents trouvent les titres à la une de la presse demain matin quelque peu… inquiétants. Ce serait donc bien que tu prennes les devants pour les rassurer.

Kenzie l'observa plusieurs secondes en silence, ébahie qu'il se soucie de ce que ses parents pourraient éprouver.

— D'accord, acquiesça-t-elle finalement, méfiante.

Où était passé le Dominick vindicatif qui ne cessait de porter des accusations ?

Peut-être était-il aussi choqué qu'elle ?

— Un sandwich club, ça suffira, ou bien tu souhaites quelque chose de plus consistant ? s'enquit-il sur le même ton bienveillant.

— Non, un sandwich club, ce sera très bien.

— Avec un café ou un jus de fruits ? J'ignore si c'est recommandé pour une femme enceinte de boire du café ou pas, avoua-t-il, un peu gêné.

— Un jus de fruits.

Il acquiesça.

— Ce ne devrait pas être long. Je te laisse si tu veux passer un coup de fil, dit-il avant de disparaître dans la pièce d'à côté.

Kenzie resta un moment immobile sans savoir que penser.

Cinq mois, ou même cinq semaines plus tôt, si Dominick avait appris qu'elle était enceinte, elle était certaine qu'il se serait mis dans une colère noire et se serait révolté à l'idée de devenir père. Désormais, elle ignorait ce que cette perspective provoquait chez lui.

Mais c'était certainement parce qu'il ne savait pas si ce bébé était le sien ou pas, songea-t-elle. Car, au cours des cinq mois écoulés, ils n'avaient fait l'amour qu'une seule et unique fois alors qu'il pensait que, pendant tout ce temps, Jerome et elle étaient ensemble.

Ce devait être là l'explication de son comportement.

Mais elle, elle savait bien que ce bébé ne pouvait être que celui de Dominick !

Ce qui la mettait dans une position délicate : devait-elle dire à Dominick que ce bébé était bien le sien ou le laisser croire que ce pourrait être celui d'un autre ?

Quoi qu'elle décide, elle était sûre d'une chose : Dominick n'aurait pas envie d'apprendre que ce bébé était de lui.

Dominick commanda un en-cas, l'esprit en ébullition.

Kenzie et lui avaient fait l'amour cinq semaines auparavant. L'enfant qu'elle portait était peut-être de lui.

Que ressentait-il, au juste ?

Il n'aurait pas su dire ce qu'il éprouvait pour le bébé lui-même ; en revanche, savoir que Kenzie était peut-être enceinte de lui, c'était autre chose…

Si elle portait son enfant, ce qui n'était pas encore certain, il souhaitait assumer ses responsabilités et être là, physiquement ou financièrement.

Restait à savoir si Kenzie accepterait qu'il soit présent d'une manière ou d'une autre…

— Comment vont tes parents ? s'enquit-il en revenant dans la chambre, alors que Kenzie était assise au bord du lit, à côté du téléphone.

Elle leva la tête vers lui, comme s'il l'avait tirée de ses pensées.

— Ça va, répondit-elle sans plus de précisions avant de se lever.

« Reprends-toi ! », s'ordonna-t-elle, songeant qu'elle aurait tout le temps de réfléchir à ce qui lui arrivait une fois qu'elle serait seule.

— Ton père est complètement remis, maintenant ? continua Dominick.

— Oui, oui, il va bien. Ecoute, Dominick, si tu souhaites m'adresser reproches et récriminations, ne te gêne pas. Je commence à… digérer la nouvelle, lui assura-t-elle avec ironie.

— Je ne… Je ne sais pas quoi dire, finit-il par articuler.

Il avait la certitude que, quoi qu'il dise, il aurait tout faux.

— C'est une première, murmura-t-elle.

— Tout ce qui se passe en ce moment est une première pour moi.

— Mais tu veux savoir si ce bébé est de toi ou pas ? le pressa-t-elle.

Avait-il envie de savoir ?

Il ne savait pas ce qu'il voulait. Si Kenzie lui affirmait que cet enfant ne pouvait pas être le sien, tout serait terminé. Carlton s'empresserait de reconnaître l'enfant et il la perdrait à jamais.

Or, ce que lui avaient démontré le moment qu'ils avaient passé ensemble à Bedforth Manor et la réception de ce soir, c'était qu'il ne supporterait pas de la perdre. Il ne supportait pas d'envisager ne plus pouvoir la tenir dans ses bras, bavarder et rire avec elle.

— Ne prends pas un air aussi préoccupé, Dominick, intervint-elle. Que cet enfant soit le tien ou pas, ça ne t'affectera pas…

— Arrête de dire n'importe quoi, Kenzie ! la coupa-t-il en se mettant à arpenter la pièce, les mains dans les poches. Bien sûr que ça m'affectera. Tu portes peut-être mon fils ou ma fille, quand même !

Elle haussa les sourcils.

— Et c'est important pour toi ?

— Evidemment que c'est important ! rétorqua-t-il en lui retournant un regard noir. J'avoue que je n'avais pas envisagé de devenir père…

— Ni désiré le devenir, précisa Kenzie, qui ne savait que trop que ce désaccord avait mis fin à leur relation…

— En effet, dut-il admettre. Mais envisager la paternité et être mis devant le fait accompli, ce n'est pas pareil.

Le fait accompli…

Etait-ce ainsi que Dominick voyait leur enfant ?

Une bouffée de colère s'empara d'elle.

— Eh bien, sois rassuré, Dominick, car ce bébé n'est pas le tien !

Dans son esprit, c'était la vérité. Car elle savait ce

qu'il pensait de la paternité. Alors ce bébé était avant tout à elle, à elle et à personne d'autre.

Dominick eut la sensation d'avoir reçu un direct à l'estomac. Il ferma les yeux, le temps de recouvrer une respiration normale.

Ce n'était pas son bébé !

Il avait envie de hurler, de frapper quelqu'un tant la déception et la douleur étaient violentes.

Il avait tant désiré que cet enfant soit le sien, que Kenzie lui revienne !

Après ces cinq pénibles semaines au cours desquelles il avait compris que, sans elle, sa vie n'avait plus de saveur, si elle était revenue à lui seulement par devoir, pour offrir la stabilité à leur enfant, il s'en serait moqué. L'important aurait été qu'elle lui revienne.

Désormais, il l'avait perdue pour toujours…

Il se redressa, fit un énorme effort pour maîtriser ses émotions et la regarder droit dans les yeux.

— Comment penses-tu que Carlton réagira quand il saura qu'il va devenir père ? lui demanda-t-il entre ses dents.

Kenzie eut un éclat de rire dédaigneux.

— Je ne crois pas que ça te regarde.

Peut-être pas, mais il avait quand même envie de savoir.

Carlton était un type creux et égoïste qui, à quarante-deux ans, n'avait jamais eu de relation durable avec une femme. Et, s'il ne voulait pas que Kenzie…

Mais qu'avait-il en tête ?

Que si Carlton refusait d'assumer ses responsabilités, il pourrait la convaincre de renouer avec lui ?

*
* *

Kenzie avait eu son lot d'émotions pour la soirée. Elle éprouvait le besoin de se retrouver loin de Dominick pour prendre une décision.

— Je crois que..., commença-t-elle avant d'être interrompue par des coups frappés à la porte.

— Masters, ouvrez cette porte ! intervint la voix de Jerome pour accompagner les coups. Je sais que Kenzie est ici et je veux lui parler !

— Non, ne réponds pas, déclara Kenzie en retenant Dominick qui allait se diriger vers la porte. De toute façon, je vais redescendre d'une minute à l'autre.

— Kenzie... ? répliqua simplement Dominick en lui adressant un regard interrogateur et étonné.

Elle s'efforça de lui sourire.

— Je t'ai dit de ne pas t'inquiéter, Dominick. Je suis une grande fille et je saurai m'occuper de mon bébé toute seule si j'y suis contrainte.

Dominick pinça les lèvres.

— S'il refuse d'assumer ses responsabilités, je le tuerai...

— Et ça servirait à quoi ?

— Ça me permettrait de me sentir mieux, rétorqua-t-il.

— Je me demande bien pourquoi, répliqua Kenzie qui souriait toujours. De plus, as-tu oublié que tu as laissé Caroline toute seule en bas ?

— Caroline n'a pas besoin de moi ! rétorqua-t-il d'un ton agacé.

— Kenzie, tu es là ? appela Jerome qui cherchait à tourner la poignée.

— Il faut que j'y aille, reprit-elle. Je... Merci de t'être occupé de moi et d'avoir appelé le médecin.

— Tu n'as toujours rien mangé, lui rappela Dominick pour tenter de la retenir.

— Je prendrai quelque chose en bas, lui assura-t-elle.

Je… Au revoir, Dominick, dit-elle en lui adressant un dernier sourire incertain avant de s'en aller.

Elle l'avait remercié poliment, comme elle l'aurait fait pour n'importe qui, songea-t-il avec dépit quand il se retrouva seul.

Allait-il bientôt devenir un étranger pour elle ? Allait-elle épouser Carlton dès que leur divorce serait prononcé ?

Allait-il laisser cela se produire sans rien faire ?

Avait-il seulement le choix ?

Oui, bien sûr qu'il avait le choix. Kenzie l'avait aimé, alors peut-être n'était-il pas trop tard pour la reconquérir.

Contrairement à ce qu'il avait fait cinq mois auparavant, il n'allait pas abandonner sans se battre !

15.

— Dominick, qu'est-ce que tu fais là ? demanda Kenzie, abasourdie quand, le lendemain matin, elle le trouva sur le seuil de l'appartement qu'elle louait à New York le temps de son séjour. Et comment as-tu su où je résidais ?

Dominick était beaucoup moins élégant qu'à son habitude, songea-t-elle en détaillant son allure. Ses cheveux étaient ébouriffés, il n'était pas rasé et il donnait l'impression d'avoir dormi dans ses vêtements. Si, du moins, il avait dormi, car les cernes sous ses yeux permettaient d'en douter.

Il haussa les épaules.

— J'ai demandé à Caroline…

— … et elle t'a donné mon adresse, conclut-elle sèchement.

— Après m'avoir dit tout le bien qu'elle pensait de toi, oui, ajouta-t-il avec un petit sourire entendu.

Etant donné les accusations que Caroline avait proférées la veille à son endroit, il n'était pas très difficile d'imaginer ce qu'elle avait pu lui dire.

— Qu'est-ce que tu veux, Dominick ? s'enquit-elle avec impatience, car Jerome était censé arriver d'une minute à l'autre.

La veille, il n'était pas réapparu à la soirée. Sans

doute parce qu'il n'avait pas eu envie de la revoir après avoir appris qu'elle était enceinte.

Ce n'était pas plus mal. Ainsi, elle avait pu s'appliquer à reprendre son rôle de « visage » de Carlton Cosmetics et rassurer les autres invités en leur affirmant qu'elle n'avait eu qu'un petit coup de fatigue passager.

Mais Jerome, lui, ne s'était pas contenté de cette explication et, après le départ des convives, ils avaient eu une discussion assez vive…

— Dominick ? insista-t-elle comme il ne répondait pas.

Il ne savait pas très bien ce qu'il faisait là. Il voulait savoir comment allait Kenzie après avoir parlé à Carlton. C'était sa seule certitude…

— J'avais un déjeuner de travail alors je me suis dit que j'allais passer voir comment tu te sentais…

— Je vais bien, répondit Kenzie, toujours intriguée par son apparence.

Avec une grimace, il ajouta :

— Je voulais savoir comment Carlton avait pris la nouvelle…

Soudain, il constata qu'elle fuyait son regard.

— Tu ne lui as encore rien dit, n'est-ce pas ?

— Non, pas encore, confirma-t-elle en soupirant. Hier soir, ce n'était pas le moment.

Dominick continua à la fixer.

— Et selon toi, quel est le bon moment pour annoncer à un homme qu'il va être père ?

Tout en posant cette question, il eut un pincement au cœur, car il avait l'impression de se flageller.

Il avait passé une nuit blanche à se demander quoi faire. Il ne pouvait pas laisser Kenzie lui échapper sans qu'elle sache vraiment ce qu'il ressentait. Il lui devait bien cela.

Sans maquillage, avec ses cheveux noués en queue de cheval, vêtue d'un jean et d'un T-shirt rose tout simple, elle était très en beauté.

— Puis-je entrer ? risqua-t-il comme elle gardait le silence. Je ne serais pas contre un café.

Kenzie ne souhaitait pas l'inviter à entrer. Elle n'en voyait pas l'utilité car ils n'avaient plus rien à se dire.

De plus, Jerome allait arriver d'un instant à l'autre et elle n'avait aucune envie que les deux hommes se retrouvent face à face. Elle ne savait pas très bien dans quel état d'esprit était Dominick, en revanche, elle était sûre que, s'ils se rencontraient, Dominick ne manquerait pas de provoquer Jerome au sujet du bébé.

Or, Jerome savait qu'il ne pouvait pas être le père…

— Je ne vois pas l'intérêt de te laisser entrer, répondit-elle fermement en gardant la main sur la porte pour appuyer ses propos. De toute façon, je… ne vais pas tarder à sortir, ajouta-t-elle, ce qui était vrai puisque qu'elle prenait un vol pour Londres dans la journée.

— Pour aller parler à Carlton ?

— Encore une fois, ça ne te regarde pas, répliqua-t-elle avec un soupir agacé.

— Et moi, j'ai décidé que ça me regardait, rétorqua-t-il avec détermination en pénétrant dans l'appartement. Que ça te plaise ou non, tu es toujours ma femme, Kenzie, et…

— Si c'est ce qui te tracasse, signe ces fichus papiers de divorce et finissons-en une bonne fois pour toutes ! le coupa-t-elle avec colère, consciente que les minutes passaient.

Si Dominick parlait à Jerome du bébé, il finirait par découvrir qu'en fait, c'était lui le père. Lui, l'homme pour qui un enfant n'était qu'une « responsabilité »…

— Pour que tu t'empresses d'épouser Carlton ? répliqua Dominick d'un ton railleur.

— Cette conversation devient fatigante, soupira-t-elle.

— Tu ne penses pas qu'il te le proposera ?

— Peut-être que ce n'est pas important…

— Que veux-tu dire par là ? s'enquit Dominick en fronçant les sourcils.

— J'ai de l'argent, je suis indépendante, répliqua-t-elle avec un haussement d'épaules. Pour moi, avoir un bébé maintenant n'est pas un souci.

Non, en effet. Il s'était fait la même réflexion cette nuit tandis qu'il arpentait sa suite dans tous les sens. En outre, il ne faisait aucun doute que sa famille resserrerait les rangs autour d'elle.

— Ecoute, Kenzie, reprit-il en se passant nerveusement une main dans les cheveux, je ne suis pas venu pour me quereller avec toi…

— Non ? Pourquoi es-tu venu, alors ? Car, j'ai beau chercher, je ne vois pas ce que tout cela peut bien te faire, ajouta-t-elle, alors que la colère lui donnait des couleurs.

Mon Dieu, elle était si belle qu'il aurait pu tomber à genoux devant elle, songea Dominick, au supplice. Elle était si mince qu'elle en paraissait fragile, et le fait qu'elle ne soit pas maquillée ne faisait qu'ajouter à l'impression de vulnérabilité qu'elle dégageait.

Il ne supportait pas de l'imaginer devoir élever un enfant toute seule. Même si cet enfant n'était pas le sien.

— Je suis venu, se lança-t-il en prenant une grande inspiration, parce que je ne peux pas rester loin de toi !

Le trouble qui se marqua sur le visage de Kenzie était semblable à celui qu'il avait éprouvé pendant la nuit quand il s'était fait cet aveu à lui-même.

La laisser partir avait été une grossière erreur. Il s'en

fichait qu'elle porte l'enfant de Carlton, il n'avait pas le droit de la laisser sortir de sa vie une seconde fois.

Elle secoua la tête.

— Je ne te comprends pas.

— Ça ne m'étonne pas, admit-il. Ces derniers temps, j'ai eu du mal à me comprendre moi-même. Mais, Kenzie, si jamais, entre Carlton et toi, ça ne marche pas, je veux que tu saches que…

Il fut interrompu par la sonnette de l'entrée.

— Ce doit être Jerome, dit-elle, encore sous le choc de ses paroles. Dominick…

— Je ne m'en vais pas, Kenzie, la coupa-t-il avec fermeté. Si tu souhaites lui parler en privé, j'irai dans la cuisine ou ailleurs. Mais je n'en ai pas terminé, alors je reste !

Il n'avait pas le même comportement que d'habitude, songea-t-elle, troublée. Où était l'homme froid et cynique qu'elle avait quitté cinq mois plus tôt ?

Qu'était devenu l'homme implacable de Bedforth Manor ?

Elle n'aurait pas su dire ce que signifiait ce changement d'attitude, mais elle était intriguée.

Et que voulait-il qu'elle sache si ça ne marchait pas entre Jerome et elle ?

— Jerome ne sera pas ravi de te trouver ici, soupira-t-elle avec fatalisme.

Mais, finalement, cela ne la dérangeait pas tant que cela car, la veille, Jerome, qui lui avait reproché d'avoir disparu avec Dominick, ne ressemblait plus à l'homme charmant qu'elle avait connu. Et elle aurait parié que, ce matin, Jerome allait de nouveau la surprendre.

— Que cela plaise ou non à Jerome Carlton, ce n'est pas mon souci. C'est *toi* qui m'importes, Kenzie. Toi et ce que tu veux !

La nuit dernière, il s'était persuadé que jamais la Kenzie qu'il connaissait n'aurait fait l'amour avec lui avec autant de passion si elle avait été amoureuse d'un autre homme. Mais cela signifiait-il pour autant qu'elle était amoureuse de lui ?

Elle continua de l'observer avec perplexité et poussa un soupir de dépit quand la sonnette retentit une seconde fois.

— D'accord, Dominick, reste, mais… Non, laisse tomber, dit-elle en renonçant à lui demander d'éviter les provocations.

Chaque fois que les deux hommes se rencontraient, le ton finissait invariablement par monter. Pourquoi serait-ce différent, cette fois-ci ?

— Kenzie !

— Oui ? s'enquit-elle avec méfiance, ses yeux s'agrandissant quand il lui prit le visage entre les mains pour plonger son regard dans le sien avec solennité.

— As-tu envie d'épouser Carlton ? lui demanda-t-il d'une voix rauque.

Kenzie ferma les yeux pour échapper à l'intensité de son regard, consciente que, le soir précédent, en lui affirmant que le bébé qu'elle portait n'était pas de lui, elle l'avait induit en erreur.

— Kenzie, s'il te plaît ! insista-t-il. Enceinte ou pas, veux-tu épouser Carlton ?

— Enceinte ou pas… ?

Que voulait-il dire par là ?

— Kenzie, par pitié, ouvre les yeux et regarde-moi !

Enfin, elle entrouvrit les paupières, le regarda et vit…

Que vit-elle ?

Un éclat qu'elle ne connaissait pas. Un éclat que jamais elle n'aurait cru déceler un jour dans le regard de Dominick et qui lui coupa le souffle.

— Non, répondit-elle d'une voix tremblante. Non, je ne veux pas épouser Jerome.

Dominick continua à la regarder en silence. Tenir son visage entre ses mains suffisait à le bouleverser.

— Tant mieux, dit-il tout bas, ému. Car épouser Carlton ou élever seule ton enfant n'est pas la seule alternative. Il y a une autre possibilité.

— Vraiment ? répliqua-t-elle, confuse.

Dominick sourit.

— Tu n'as peut-être pas envie de l'envisager, mais je tiens quand même à te faire savoir que cette possibilité existe, continua-t-il. Tu pourrais rester mariée avec moi, déclara-t-il après avoir pris une grande inspiration.

Les yeux de Kenzie s'agrandirent de surprise.

— Mais…

— Tu devrais aller ouvrir avant que Carlton ne défonce la porte, dit-il tandis que Jerome se mettait à tambouriner.

Elle alla ouvrir, dans un état second. Elle n'était pas certaine d'avoir bien compris ce que Dominick lui avait déclaré ni pourquoi il l'avait fait.

Tout comme elle se demandait si elle avait bien interprété l'éclat de son regard. En revanche, elle était sûre de ce que son instinct y avait lu.

De l'amour.

Intense.

Sincère.

De l'amour… ?

16.

Elle avait dû se tromper, songea Kenzie au moment d'ouvrir la porte. Dominick n'aimait personne, et encore moins elle. Il se l'interdisait.

Mais, s'il ne l'aimait pas, pourquoi lui avait-il dit qu'elle pouvait rester mariée avec lui alors qu'il la croyait enceinte d'un autre ?

— Enfin ! lança Jerome une fois qu'elle eut ouvert. Pourquoi as-tu mis aussi longtemps pour…

— Entre et allons nous installer dans le salon, Jerome, le coupa-t-elle. Je n'ai pas très envie que nous fassions profiter le voisinage de notre conversation.

Jerome lui retourna un regard irrité.

— Si tu ne m'avais pas fait attendre dix minutes…

— Je ne pense pas avoir été aussi longue.

— Tu…

— A votre place, j'accepterais l'invitation de Kenzie, Carlton, intervint Dominick au moment où Jerome pénétrait dans l'appartement. Moi, je ne me serais pas montré aussi poli.

Jerome fixa Dominick et plissa les yeux.

— J'aurais dû m'en douter. Vous avez passé la nuit ici, n'est-ce pas, Masters ? dit-il avant d'adresser un sourire entendu à Kenzie.

Elle se sentit pâlir. La veille, elle avait découvert

une facette de Jerome qu'elle ne connaissait pas et qui lui avait déplu.

— Que j'aie passé la nuit ou pas avec ma femme ne vous regarde pas, Carlton ! rétorqua Dominick qui vint se poster à côté de Kenzie, dans une attitude protectrice. Pourquoi n'allons-nous pas tous les trois nous installer dans le salon pour essayer d'avoir une conversation sérieuse et apaisée ?

Dans son état, subir une telle scène n'était pas bon pour Kenzie, et sa présence n'arrangeait rien, reconnut Dominick avec contrariété. Cependant, à l'instant, il n'aurait pu être nulle part ailleurs. Et, à l'avenir, où qu'elle soit, il voulait y être également…

— Une conversation apaisée ? répéta Jerome avec mépris en passant néanmoins dans le salon. En prenant le contrôle de ma société, vous avez fait en sorte que ça ne puisse jamais arriver !

— En prenant le contrôle d'une société *familiale*, le corrigea Dominick qui restait tout près de Kenzie.

— En effet. Toujours est-il que, maintenant, c'est vous qui en avez les rênes !

Kenzie observa tour à tour les deux hommes, sans savoir quoi faire. Finalement, elle alla s'asseoir dans un fauteuil.

Au départ, elle souhaitait faire la paix avec Jerome avant de quitter New York pour retourner en Angleterre, loin de tout ça. Et maintenant, voilà qu'au contraire ces deux hommes étaient en train de se disputer dans son salon…

La confrontation était inévitable, admit-elle, mais elle aurait préféré qu'elle ait lieu ailleurs.

Dominick mit les mains dans ses poches.

— Et si ce n'était pas le cas ?

— De quoi parlez-vous ?

— Si ce n'était pas moi qui tenais les rênes de la société ?

Kenzie leva les yeux vers lui, aussi incrédule que Jerome.

— Etes-vous en train de prétendre que, bien qu'étant l'actionnaire majoritaire de Carlton Cosmetics, vous seriez prêt à me laisser diriger la société ? demanda Jerome avec scepticisme.

Dominick lui retourna un regard moqueur.

— Non, ce n'est pas ce que je voulais dire…

— Le contraire m'aurait étonné ! le coupa Jerome.

— Carlton, si vous étiez performant dans votre gestion, la société ne se serait jamais retrouvée en difficulté il y a deux ans…

— Nous les avons surmontées, se défendit Jerome.

— Seulement parce que vous avez vendu quarante-neuf pour cent des actions et convaincu Kenzie de devenir le nouveau visage de Carlton Cosmetics. Votre père a fondé la société et l'a fait prospérer. Mais, depuis qu'il a pris sa retraite il y a cinq ans et vous a transmis le flambeau, ça va beaucoup moins bien.

— C'est un mensonge ! protesta Jerome.

— Non, c'est la vérité, insista Dominick. Même si vous êtes l'aîné, ce n'est pas vous qui auriez dû assurer la direction de Carlton Cosmetics.

— Parce que vous croyez que mon frère Adrian aurait fait mieux que moi ? répliqua Jerome avec dédain.

— Je me suis renseigné sur lui et j'ai acquis la certitude que c'est quelqu'un de très compétent, déclara posément Dominick. Je suppose que, ce matin, vous n'avez pas parlé à votre frère ? ajouta-t-il.

— A Adrian ? Et pourquoi l'aurais-je fait ?

« Oui, pourquoi ? », se demanda Kenzie qui, malgré elle, était fascinée par cette conversation.

Jusqu'à récemment, elle n'avait vu en Jerome qu'un être raffiné et charmant. Mais, la veille, elle avait compris qu'en vérité il n'était pas du tout ainsi. Et, ce matin, il ressemblait à un fanfaron qui perdait ses nerfs, dominé par un Dominick très calme et sûr de son fait.

Les deux hommes avaient aussi une allure totalement différente. Jerome était un blond au visage d'éternel adolescent tandis que Dominick, avec ses cheveux sombres, en imposait par son élégante maturité. Elle savait et avait toujours su lequel elle préférait.

Même si Dominick refusait de le croire.

Mais s'y refusait-il toujours ?

Leur conversation juste avant qu'elle ouvre la porte avait suggéré le contraire.

— Ce matin, j'ai pris le petit déjeuner avec Adrian, les informa Dominick. Ce fut une entrevue très intéressante et, la prochaine fois que vous lui parlerez, vous apprendrez qu'il détient désormais cinquante et un pour cent des parts de Carlton Cosmetics et qu'en tant que nouvel actionnaire majoritaire, il peut désormais diriger la société comme il l'entend.

Kenzie poussa un gémissement de surprise.

Jerome, lui, s'empourpra de colère.

— Je ne vous crois pas ! Adrian n'a pas assez d'argent pour racheter vos parts.

Pourtant, Kenzie voyait à l'expression assurée de Dominick qu'il disait la vérité.

— Oh ! il ne me les a pas rachetées, répliqua Dominick d'un ton sardonique. Je les lui cède en échange de la rupture du contrat qui lie Kenzie avec Carlton Cosmetics.

— Vous…

— De quel droit as-tu osé proposer ce marché, Dominick ! intervint Kenzie, interloquée.

— Tu ne m'as pas laissé finir, Kenzie, reprit Dominick. Adrian acceptera de rompre ton contrat seulement si *tu* en formules la demande.

— Et pourquoi le ferais-je ? voulut-elle savoir, confuse.

— Parce que tu es enceinte, lui rappela Dominick. Comment comptes-tu continuer à travailler quand tu seras à sept ou huit mois de grossesse ?

— C'était à moi d'en décider, pas à toi, rétorqua Kenzie en secouant la tête.

— Tu es enceinte ? intervint Jerome. C'est pour cela que tu as eu un malaise, hier soir ?

— Oui, c'est pour cela, confirma Dominick.

Il était conscient de ne pas s'être bien expliqué sur son comportement auprès de Kenzie. Il souhaitait sincèrement lui offrir la possibilité d'avoir une porte de sortie si elle le désirait, mais en aucun cas il n'avait voulu décider à sa place.

— Je n'arrive pas à y croire, répliqua Jerome qui se mit à arpenter la pièce. C'est… hallucinant. Avez-vous fait exprès ? dit-il d'un ton accusateur. Etiez-vous déterminé à la récupérer au point de la mettre enceinte pour arriver à vos fins ?

Kenzie sentit le rouge lui monter aux joues.

— Jerome, ne sois pas ridicule…

— C'est ça, n'est-ce pas ? insista Jerome sans se soucier de son intervention.

— Jerome, ne sois pas aussi…

— Non, laisse-le parler, Kenzie, intervint à son tour Dominick en observant Jerome d'un air soupçonneux. Qu'est-ce qui vous rend si sûr que ce bébé est de moi ?

Jerome eut un regard de dédain.

— De qui d'autre serait-il ? Kenzie est si pudibonde

qu'elle aurait pu être nonne ! Evidemment, maintenant qu'elle est enceinte, ça va être difficile…

Il dut s'interrompre, car Dominick le saisit par le col.

— Lâchez-moi, Masters !

Ce dernier n'avait aucune envie de le lâcher maintenant que la vérité qu'il avait toujours refusé de croire venait d'éclater.

Quand Carlton lui avait affirmé avoir une liaison avec elle, il avait préféré le croire plutôt que de croire Kenzie.

Mais c'est Carlton qui avait menti !

Et, dans sa colère, celui-ci venait d'en oublier son mensonge.

— Vous m'avez menti, Carlton, déclara Dominick qui finit par le lâcher, dégoûté. Pourquoi m'avez-vous dit que Kenzie et vous aviez une liaison ?

— Quoi ? Tu lui as dit ça ! explosa Kenzie, scandalisée.

— Oui, je lui ai raconté que nous avions une liaison passionnée, irrésistible, rétorqua Jerome d'un ton méprisant. Et que, si tu hésitais à venir à New York, c'était dans le souci de ne pas le blesser !

— Mais pourquoi as-tu fait cela ? voulut savoir Kenzie qui n'en croyait pas ses oreilles.

Au moins, maintenant, elle comprenait pourquoi Dominick avait toujours refusé de la croire. Et elle n'imaginait que trop bien ce qu'il avait dû ressentir en s'entendant dire qu'elle restait avec lui seulement par pitié. Pour un homme aussi orgueilleux, c'était insupportable.

Jerome haussa les épaules, comme s'il ne regrettait nullement ses actes.

— Pour sortir Carlton Cosmetics des difficultés, je devais réussir un gros coup, se justifia-t-il. C'est pour cela que je voulais que tu deviennes le nouveau visage de la marque. Mais, pour te convaincre, il fallait d'abord que je me débarrasse de ton encombrant mari !

Kenzie gifla Jerome, qui n'eut même pas le temps de voir le coup partir.

Il porta la main à sa joue endolorie.

— Vous savez, la question que vous devriez vous poser tous les deux, dit-il d'un ton railleur, c'est pourquoi Masters m'a cru sur parole sans songer à mettre en doute mes propos.

Il avait raison, et cela ne fit que mettre Dominick hors de lui.

— Sortez d'ici, Carlton, lui ordonna-t-il. Sortez avant que je ne me contrôle plus !

Il posa les yeux sur Kenzie, conscient pour la première fois du mal qu'il lui avait fait en refusant de la croire. Jamais elle ne lui pardonnerait cela.

Comment pourrait-il en être autrement ? Il avait écouté et cru les propos d'un homme qui n'était rien pour lui et refusé de croire la femme qui, au contraire, représentait tout…

17.

— Dominick…, commença Kenzie d'un ton incertain une fois qu'ils furent seuls, Jerome ayant compris qu'il valait mieux déguerpir.

L'échange entre les deux hommes avait été tendu, mais très instructif…

— Dominick, reprit-elle, quand Jerome t'a-t-il dit que nous avions une liaison ?

Dominick détourna le regard et poussa un long soupir.

— Oublie cela, dit-il. Je me suis complètement trompé, je me suis montré d'une arrogance insupportable. Et je continue, en plus, ajouta-t-il, dépité contre lui-même. Ecoute, si tu souhaites continuer à travailler pour Carlton Cosmetics, je dirai à Adrian que…

— Non, je n'en ai pas l'intention, le coupa-t-elle avec impatience.

Après les révélations d'aujourd'hui, elle se voyait mal continuer à travailler pour la marque, même si Adrian prenait les commandes de la société.

— Ce que je veux, c'est que tu répondes à ma question.

— Tu es en colère, et c'est bien légitime, soupira-t-il en se passant la main dans les cheveux. Qu'est-ce que j'ai pu être stupide ! Pourras-tu me pardonner un jour, Kenzie ? lui demanda-t-il avec un regard grave.

— Je ne suis pas certaine qu'il y ait quoi que ce

soit à pardonner, répondit-elle calmement. J'ai plutôt l'impression que nous avons été manipulés par un homme sans scrupules qui a décelé une faille dans notre mariage et s'y est engouffré.

Il esquissa un sourire.

— Tu es très généreuse, Kenzie. Je ne suis pas certain que j'aurais pu me montrer aussi…

— S'il te plaît, Dominick, dis-moi quand Jerome t'a raconté ces affreux mensonges, insista-t-elle.

— C'était juste après l'une de nos plus violentes disputes, expliqua-t-il avec un regard douloureux. Ironie du sort, nous nous étions disputés sur la possibilité d'avoir un enfant. Et aujourd'hui, tu es enceinte !

En effet, c'était ironique. Elle aimait déjà le bébé qu'elle portait, en revanche, elle se demandait bien ce que Dominick éprouvait maintenant qu'il savait que c'était le sien.

Il secoua la tête.

— J'étais si déterminé à ne jamais tomber amoureux pour ne pas m'exposer à la souffrance que mes parents se sont infligée l'un à l'autre ! Même quand je t'ai demandé de m'épouser, je n'ai écouté que ma raison. J'avais trente-sept ans et je me disais qu'être marié, qui plus est à une femme aussi belle que toi, ne pouvait qu'être bon pour mon image et mes affaires. Comment ai-je pu me montrer aussi stupide ?

— Et aujourd'hui ? voulut savoir Kenzie.

— Je crois que j'ai enfin compris, mais j'ai mis du temps. Après ton départ, pendant quatre mois, j'ai vécu l'enfer et me suis dit que c'était parce que j'étais en colère. Car non seulement tu m'avais quitté, mais en plus, je croyais que c'était pour partir à New York avec un autre homme.

— C'est ce que tu croyais parce que Jerome t'avait menti, lui rappela Kenzie.

— Oui, c'est vrai. Mais, avant ton départ, nous ne nous parlions quasiment plus, nous ne faisions plus l'amour. Nous étions devenus deux étrangers qui vivaient sous le même toit. Et tu semblais si décidée à accepter le contrat que te proposait Carlton Cosmetics… Bref, j'ai décidé d'aller parler en personne à Carlton. Je ne sais vraiment pas ce qui m'est passé par la tête. Aujourd'hui, j'ai l'impression que je parle d'un autre. D'un type arrogant et froid qui considère que le monde entier doit se plier à ses désirs. Même quand il s'agit d'avoir des enfants…

— Nous y reviendrons dans une minute, le coupa Kenzie qui sentait l'espoir renaître en elle seconde après seconde. L'important, c'est que tu sois convaincu que Jerome t'a bien menti, que je ne t'ai jamais trompé, ni avec lui ni avec personne d'autre.

— Comment pourrais-je encore en douter ? Mais je m'en veux terriblement de ne pas t'avoir crue dès le départ. Si j'avais eu foi en l'amour que tu me portais…

— Dans ce domaine, tu n'as jamais connu d'expérience très positive…

— Non, ne me cherche pas d'excuses, Kenzie. Mon comportement quand tu m'as annoncé ton intention d'accepter le contrat de Carlton a été inqualifiable. Et il l'a été encore davantage il y a six semaines. Je ne t'en veux pas de me haïr, Kenzie, reconnut-il avec fatalisme. Je le mérite.

Il ferma les yeux, en proie à une douleur évidente.

— Bon sang, si je pouvais revenir en arrière ! Je n'avais pas le droit de te traiter comme je l'ai fait lors de notre rupture et encore moins quand je t'ai forcée à m'accompagner à Bedforth Manor. En fait, j'avais acheté cette propriété pour toi, Kenzie. Peu de temps avant notre séparation.

Dominick avait acheté cette magnifique demeure pour elle ?

— Tout cela semble absurde, n'est-ce pas ? reprit-il quand il lut la surprise sur son visage. Quand je l'ai achetée, je m'imaginais t'y emmener, te la faire visiter et voir ton regard s'illuminer au moment où je t'annoncerais qu'elle était à nous. Et, au lieu de cela, quand j'ai fini par t'y conduire, c'était pour…

— Non, arrête Dominick, ça ne sert à rien de te morigéner de la sorte.

— Mais c'est tout ce que je mérite, Kenzie !

— Et pourquoi ne me laisses-tu pas en décider ?

— D'accord, Kenzie, alors dis-moi ce que je mérite, selon toi, dit-il en redressant les épaules, comme pour se préparer à encaisser des coups.

— Je le ferai, lui promit-elle. Dominick, quand je t'ai rencontré, je suis tombée follement amoureuse de toi, sans réserve…

— Mais je le sais bien ! Mais moi je me croyais incapable de partager cet amour, répliqua-t-il avec un grognement de dépit.

Croyais ? Son emploi du passé était précisément l'encouragement qu'elle attendait pour continuer.

— Ce dont tu ne sembles pas avoir conscience, c'est que je suis toujours autant amoureuse de toi, dit-elle en esquissant un sourire.

Dominick se figea. Son cœur se mit à battre à tout rompre.

— Si j'ai fait l'amour avec toi avec autant de ferveur à Bedforth Manor, c'est parce que je t'aime. Et le bébé que je porte, *notre* bébé, a été, pour ma part, conçu dans l'amour.

Il déglutit, sentant grandir en lui l'admiration et surtout l'amour qu'il éprouvait pour Kenzie.

— Dominick, reprit-elle, avant l'arrivée de Jerome, tu m'as dit que je pouvais choisir de rester mariée avec toi. M'as-tu fait cette proposition parce que tu m'aimes ? Je t'en supplie, réponds-moi sincèrement.

— Oui, je t'aime, répondit-il sans hésiter avant de faire un pas vers elle. Désormais, je sais que je t'ai toujours aimée, mais ce n'est que le jour où nous avons fait l'amour à Bedforth Manor que j'ai commencé à le comprendre. Ce moment a été si dévastateur, si fort… Jamais je n'avais vécu quoi que ce soit de comparable.

— Moi non plus, renchérit-elle.

— Par pitié, crois-moi quand je t'affirme que j'ai changé, Kenzie. Je t'aime sincèrement, de tout mon être. Je t'aimerai jusqu'à la fin de mes jours, déclara-t-il avec solennité.

Kenzie leva la main pour lui caresser la joue.

— Moi aussi je t'aime, Dominick, répliqua-t-elle d'une voix étranglée par l'émotion.

— Et je t'assure que, pour moi aussi, notre bébé a été conçu dans l'amour, et je souhaite le voir grandir avec toi. Mais ce que nous avons vécu ce jour-là a été tellement magnifique que j'ai pris peur.

Elle éclata de rire, indifférente aux larmes qui coulaient sur ses joues.

— Dans ce cas, ce que tu mérites, Dominick, ce que nous méritons, c'est une seconde chance. Et cette fois, ça marchera ! lui promit-elle avec détermination.

— Tu es sincère, Kenzie ? lui demanda-t-il en la fixant droit dans les yeux. Tu veux bien m'offrir une seconde chance, me laisser être le père de notre enfant ?

— Oui, Dominick, et cette fois, nous ne laisserons rien ni personne se mettre entre nous.

Il ne voulait plus se demander s'il méritait cette seconde chance ou pas. Il voulait la saisir et ne plus jamais la lâcher.

— Je t'aime, je t'aime, je t'aime, murmura-t-il en déposant une pluie de baisers sur son visage.

Il lui faudrait encore apprendre à aimer, mais il ne doutait pas que Kenzie saurait lui montrer comment faire. Ensemble, ils pouvaient tout réussir…

— Tu crois que nous pourrions vivre à Bedforth Manor ? lui demanda Kenzie, quelques heures plus tard. J'adore cette maison, et c'est là-bas que notre bébé a été conçu, après tout.

Ils étaient enlacés sur le canapé, et, au creux des bras de Dominick, elle était aux anges.

— Tant que je suis avec toi, je veux bien vivre n'importe où, répondit Dominick, en proie à un bonheur qu'il n'aurait jamais cru être capable d'éprouver.

Il aimait Kenzie plus que tout, et leur futur bébé serait le fruit de cet amour. Il grandirait avec la certitude que ses parents l'aimaient autant qu'ils s'aimaient.

— Pourquoi ne renouvellerions-nous pas nos vœux de mariage dans l'église où tes sœurs se sont elles aussi mariées ? lui suggéra-t-il.

Elle se tourna pour le dévisager.

— Tu aimerais cela ?

— Oui, Kenzie, j'aimerais vraiment faire cela dans les règles de l'art et partager ce moment avec ta famille.

— Alors c'est d'accord ! acquiesça-t-elle, folle de joie.

Il lui sourit.

— Je me suis également dit que j'aimerais bien acheter une agence immobilière dans le Worcestershire… par le biais d'une société, pour que ton père ne sache pas qu'il s'agit de moi. Qu'en dis-tu ?

Elle lui donna un petit baiser.

— J'en dis que tu ne devrais quand même pas changer trop vite, sinon je ne vais plus te reconnaître, répliqua-t-elle sur le ton de la plaisanterie.

— Dans ce cas, peut-être devrions-nous aller dans la chambre pour nous rafraîchir un peu la mémoire ?

— Peut-être, répliqua Kenzie en se levant avant de lui tendre la main pour l'entraîner à l'étage.

Huit mois plus tard naissait Sophie-Louise, leur fille, et, quand on la lui mit dans les bras, Dominick fondit en larmes.

Elle était si belle !

Si parfaite.

Si semblable à Kenzie, sa magnifique épouse, l'amour de sa vie…

Retrouvez en juin 2020,
dans votre collection

AZUR

Le secret d'une innocente, de Caitlin Crews - N°4224
ENFANT SECRET
Cecilia est sous le choc. Jamais elle n'aurait imaginé revoir Pascal Furlani dans le petit village de montagne où ils se sont connus. Six ans plus tôt, cet homme l'a abandonnée sans un mot d'adieu, après l'avoir séduite dans l'abbaye même où elle avait soigné ses blessures, séquelles d'un grave accident. Comment Pascal ose-t-il se présenter devant elle, alors qu'il a bouleversé son existence tout entière ? Après son départ, en effet, Cecilia a dû rompre les vœux qu'elle s'apprêtait à prononcer, car un enfant est né de leur relation interdite…

Son cavalier du désert, de Heidi Rice - N°4225
PRINCES DU DÉSERT
Menacée par une tempête de sable en plein désert, Kasia est secourue in extremis par un mystérieux cavalier et son étalon noir… Mais, lorsque son sauveur se révèle être le prince Raif, souverain de la tribu des Kholadis, Kasia se sent de nouveau en danger. Non seulement cet homme a une réputation de guerrier débauché mais, surtout, il éveille en elle un désir aussi intense qu'insensé. Au point que, oubliant toute prudence, Kasia passe une nuit entre ses bras. Une seule nuit, mais qui pourrait bien avoir de lourdes conséquences…

**La trahison d'une princesse,
de Pippa Roscoe - N°4226**
Alors qu'elle admire le coucher de soleil sur les toits de Paris, la princesse Sofia mesure l'ironie de la situation. C'est dans la ville la plus romantique du monde qu'elle sera bientôt mariée à un homme qu'elle n'aime pas ! Certes, elle connaît son devoir envers son peuple, et cette union de convenance fait partie de ses nombreuses obligations. Seulement, à l'heure de renoncer à sa liberté, elle ne peut s'empêcher de songer à Theo Tersi, celui qu'elle a follement aimé autrefois, puis trahi en l'abandonnant sans un mot d'explication. Theo, qu'elle va revoir au bal de ses fiançailles, même si elle l'ignore encore…

Le fiancé d'une reine, de Rachael Thomas - N°4227

MARIAGE ARRANGÉ

Si Kaliana n'a pas trouvé un époux d'ici quatre mois, elle sera mariée de force par son père ! En tant qu'héritière du royaume d'Ardu Safra, elle a des devoirs, bien sûr, mais comment ne pas trembler devant l'injonction du roi ? Éprise de liberté, elle veut pouvoir s'unir à un homme qu'elle aura choisi. Et c'est sur Rafe Casella, un milliardaire sicilien, qu'elle jette bientôt son dévolu. Certes, il ne peut s'agir d'amour entre eux, malgré leur attirance indéniable et la nuit passionnée qu'ils ont passée ensemble. Mais au moins, leur engagement sera clair et net – et leur mariage, de pure convenance…

Tentation argentine, de Louise Fuller - N°4228

Cela fait deux ans que Mimi tente d'oublier le baiser brûlant qu'elle a échangé avec Bautista Caine, le frère de sa meilleure amie. En vain. Bien qu'il l'ait brutalement rejetée après leur fougueuse étreinte, cet homme occupe toutes ses pensées, jour et nuit ! Alors, aujourd'hui qu'elle doit le revoir à l'occasion d'un mariage en Argentine, Mimi redoute ses propres réactions. Saura-t-elle rester de marbre face à Bautista, sans trahir le désir qu'il lui inspire encore, bien malgré elle ?

Une dernière étreinte ?, de Melanie Milburne - N°4229

Un week-end en Grèce. Alors que beaucoup en profiteraient pour se prélasser au soleil, Juliette n'a qu'un objectif : présenter sa demande de divorce à Joe Allegranza. Après quinze mois de séparation, il est temps pour elle de mettre fin à la mascarade de leur mariage. Certes, sa rencontre avec Joe a été passionnée. Mais jamais ils n'auraient dû convoler, alors que tous deux ne partageaient rien d'autre qu'une exceptionnelle entente charnelle. Sitôt qu'elle le revoit, hélas, ses résolutions vacillent. Son époux lui fait toujours autant d'effet, au point que Juliette a soudain très envie de s'offrir une dernière étreinte entre ses bras puissants…

Un diamant pour son assistante, de Clare Connelly - N°4230

Tout réussit à Thanos Stathakis – ou *presque*. Cela fait des années qu'il cherche à racheter la société autrefois perdue par sa famille, or un obstacle se dresse encore devant lui. L'actuel propriétaire refuse de lui céder ce joyau tant convoité, pour l'unique raison qu'il traîne une réputation scandaleuse d'homme à femmes. Qu'à cela ne tienne, Thanos va se marier. Et il a déjà une idée de celle qui pourra redorer son image. Alice, son innocente assistante si troublée en sa présence, jouera à la perfection le rôle de son épouse… s'il parvient à lui passer la bague au doigt !

L'héritier d'un milliardaire grec, de Lynne Graham - N°4231

SÉRIE : *TROIS SŒURS À SÉDUIRE* - 1/3

Trahie par l'homme dont elle est tombée amoureuse, Winnie l'a quitté – sans lui révéler qu'elle portait son bébé. Aussi est-elle bouleversée lorsque, deux ans plus tard, Eros Nevrakis se présente à elle, furieux. Parce qu'il a découvert son secret, le voilà prêt à tout pour légitimer son héritier… Alors qu'il exige que Winnie l'épouse et l'accompagne sur son île grecque, elle se sent prise au piège. Si elle refuse, Eros n'hésitera pas à lui ravir ce qu'elle a de plus précieux : leur enfant.

Scandale à Madrid, de Susan Stephens - N°4232

SÉRIE : *PASSION AU PARADIS* - 2/6

À Madrid, tout le monde le connaît comme le duc d'Alegon, homme d'affaires le plus puissant d'Espagne. Mais, dans son château à flanc de montagne, il redevient Alejandro, roi des Tziganes. Fascinée par cet homme complexe à la réputation sulfureuse, la douce et innocente Sadie accepte de le suivre sur ses terres et, bientôt, cède à l'attrait qu'il exerce sur elle. Dans cette passion irrésistible et sauvage, Sadie se révèle et se perd. Jusqu'à se découvrir enceinte et provoquer par là même un retentissant scandale…

Le baiser d'Angelo Navarro, de Dani Collins - N°4233

En tant qu'héritière de la puissante famille Montero, Pia sait ce qu'on attend d'elle : un mariage avec un aristocrate de son rang. Or, à l'occasion d'un bal masqué, elle perd la raison sous le regard d'un inconnu, mystérieux et envoûtant. Un baiser, une étreinte passionnée, et voilà qu'elle lui offre son innocence… Une folie d'autant plus grande que, bientôt, Pia découvre que son amant d'une nuit n'est autre qu'Angelo Navarro, fils illégitime d'un baron. Un homme sans naissance, entouré de scandale – le dernier qu'elle devrait fréquenter, mais le seul qu'elle désire et dont elle attend l'enfant…

Séduction sans scrupule, de Lucy Monroe - N°4234

Séduire Hope Reynolds, l'épouser et se débarrasser d'elle au plus vite. Tel est le plan de Luciano Di Valerio. Non pas que ce procédé lui soit particulièrement agréable, mais il n'a pas le choix : le grand-père de la jeune femme a fait de ce mariage la condition pour lui rendre ses parts de Di Valerio Shipping, l'entreprise familiale que Luciano s'est juré de sauver de la faillite. Et puis, le désir brûlant que lui inspire Hope compensera un peu son aversion viscérale pour le mariage. Mais, à mesure que les jours passent, Luciano ne peut empêcher une question de le hanter : Hope est-elle une femme sans scrupule qui a demandé l'aide de son grand-père pour arriver à ses fins… ou l'innocente victime de cette sombre machination ?

Composé et édité par HarperCollins France.

Achevé d'imprimer en avril 2020.

CPi
BLACK PRINT

Barcelone

Dépôt légal : mai 2020.

MIXTE
Papier issu de sources responsables
FSC® C108412

Pour limiter l'empreinte environnementale de ses livres, HarperCollins France s'engage à n'utiliser que du papier fabriqué à partir de bois provenant de forêts gérées durablement et de manière responsable.

Imprimé en Espagne.